Hochland

Mäander

Klamm

Wasserfall

Tox

Matees
Höhle

Eiche

Biberteich

N
W O
S

1.Auflage 2016

Bilder und Text:Friedrich Kleinlein
Kontakt:fritz-k@gmx.at
Coverbild:©Kleinlein

ISBN:9783950426106

fritz stefan

Begegnungen

Bei den Tox

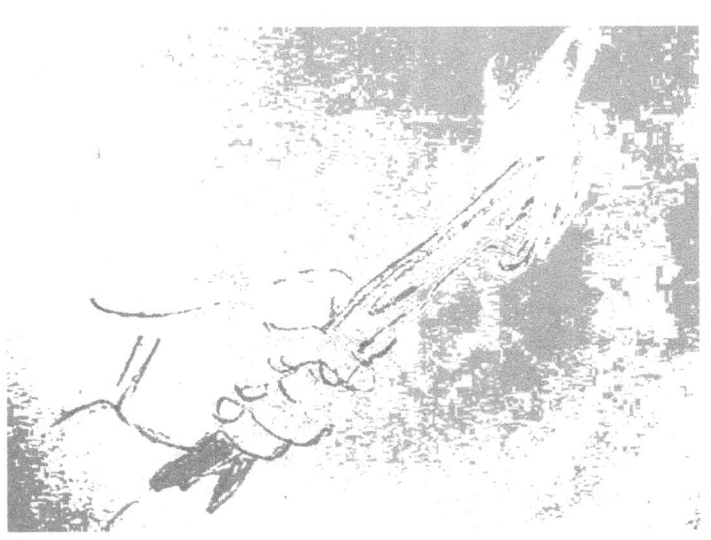

Vorwort

Er besuchte sie. In jedem siebzehnten Jahr kam er vorbei. Dann bäumte sie sich auf. Sie versuchte sich ihm entgegen zu strecken. Bäume stürzten, Bäche gruben sich neue Wege, ganze Gegenden verschoben sich, begruben Altes unter sich. Bleibende Verletzungen formten die Natur neu, boten Raum für Leben. So kurz erst und doch schon seit geraumer Zeit. Vor drei Milliarden Jahren hatten sie sich vereinigt. Danach hatte er sie verlassen. Doch bald schon huschte Leben über ihre Oberfläche. Trug auch er Leben?

Tr´4on hatte sich von Drobar verabschiedet. Nun, sie waren auseinander gegangen. Zuerst hatte es gegenseitige Beleidigungen gegeben. Ihr war eine Ziege als Begleiter wohl etwas zu minder. Ihm war der Bär zu groß. Sie würde schon sehen, welche Reaktion sie mit ihm bei den On auslösen würde.

In Gedanken versunken kam Tr an der höchsten Stelle seines Weges an. Hinter ihm lag On, vor ihm, irgendwo im Norden, Tox, das Dorf, das er erreichen wollte, das Dorf, aus dem Drobar gekommen war. Seine eigene Reise hatte eben begonnen, den zweiten Tag dauerte sie erst. Bis jetzt war noch nicht viel geschehen. Drobar hatte ihm zwar gute Ratschläge mit auf den Weg gegeben, aber er ließ sich keine Vorschriften machen, ob er dies tun sollte und jenes am besten meiden sollte.

"Über den Horizont schauen."

Ja, das war schon auch nach seinem Geschmack. Er hatte öfters größere Ausflüge unternommen, war bei den Eismenschen gewesen und den Pal, die im Süden lebten. Den Horizont hatte er nie beachtet. Aber jetzt stand er hier, am Kamm des Bergmassivs, auf dessen einer Seite sich der Fluss, sein Heimatfluss, befand, der die Wohnhöhlen seines Dorfes gebildet hatte, auf der Seite, wo sich der Fluss mit seinen Nebenflüssen befand, dessen Quelle bis in den Schnee reichte. Da lebten die Eismenschen, im ewigen Eis.

Tr stand am Scheideweg. Von hier nun würde es in die weiten Wälder und Ebenen des Nordens hinab gehen. Etwa fünf Tage standen ihm bevor, dann würde er die Tox erreichen. Er wusste nichts von den Tox. Sie lebten in Erdhäusern, ja, und eine von ihnen war von Ziegen überrannt worden, auch gut. Sie hatten auch Meister und im Dorf lebten etwa fünf Finger Menschen. Das entsprach jener Anzahl Leute, die auch bei den On lebten. Aber was konnte er von ihnen lernen? Als Grundling hatte er Feuer machen gelernt, als Baldling hütete er es, versteckte es vor den anderen Baldlingen. Er hatte seinen Begleiter aussuchen dürfen und hatte eVre gewählt, die ihn jetzt auf seiner Kohee begleitete.

Tr schaute in das neue Tal, in das Tal, das er betreten würde. Hier oben schon sollte er sich entscheiden, ob er gleich bergab gehen würde oder erst weiter im Osten, da wo die Berghänge steiler waren, die Bäume lichter standen, Felsen aus dem Erdreich wuchsen. Das käme eVres Natur eher gelegen.

Tr schritt unverzagt aus und ging den Bergrücken entlang. Die Schatten wurden schon wieder länger. Wenn die Sonne die Berghänge frontal beschien, wäre es Zeit, ein Nachtlager herzurichten.

eVre sprang um ihn herum. Das Gelände wurde steiniger und der Wind blies fester. Tr zog seinen Tecido enger um sich. Die Nacht würde kalt werden. Besser er sah sich schon jetzt nach einer Höhle oder einem überhängenden Felsen um.Ein Adler zog seine Kreise, einige Dohlen kreischten in der Ferne und die Murmeltiere waren unterwegs, um sich an Blumen gütlich zu tun. Vereinzelt flatterten Schmetterlinge auf, Käfer brummten an ihm vorbei und einige Ameisenstraßen verbanden Ameisenhaufen mit Nahrungsquellen. eVre knabberte hier ein bisschen und dort ein bisschen. Sie war immer ein gutes Stück voraus. Tr freute sich, dass sie so guter Dinge war. Plötzlich sprang sie kerzengerade in die Luft und landete laut meckernd auf allen vieren.

Tr erstarrte.

Eine Giftschlange !

eVre starrte auf einen Punkt vor sich.Durch ihr dichteres Fell konnte ihr eine Schlange nicht viel anhaben. Aber Gefahr war Gefahr und so verhielt sie sich auch. Tr kam langsam näher. Eine zwei Schritte lange, graue Schlange hatte eine auffallende schwarze Zeichnung auf ihrem Köper. Ihr Kopf war deutlich dreieckig abgesetzt.Wie die Augen geschlitzt waren, konnte Tr auf die Entfernung nicht erkennen. Aber die Reaktion seiner Ziege war ihm Hinweis genug.

eVre hatte eine Sandviper entdeckt. Sehr unangenehm, aber nicht tödlich, wenn sie Tr gebissen hätte.

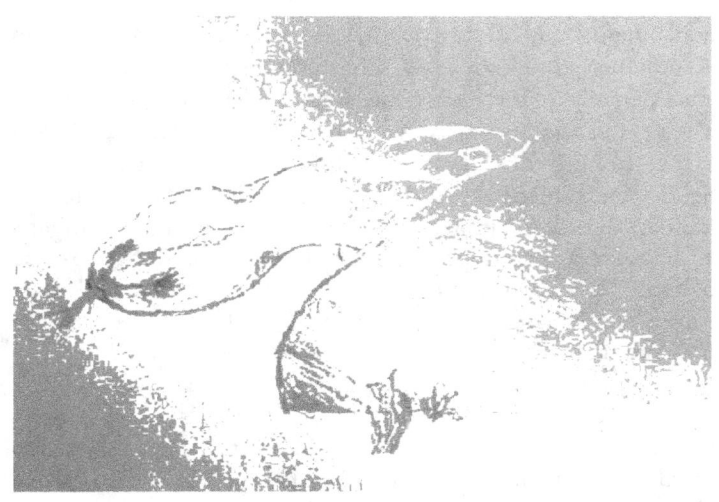

Im Dorf waren immer wieder einmal Schlangen auf dem Richtplatz gelegen und hatten sich sonnen lassen. Sie brauchten die Wärme, speicherten sie eine kurze Zeit. Bei einer Störung konnten sie sich erstaunlich schnell über den Boden schlängeln. Irgendwann verloren sich die Bewegungen im Gebüsch oder im hohen Gras. Manche der Schlangen mochten keinerlei Erschütterung und lebten nur in der Wildnis. Doch andere hatten sich an die Erschütterungen gewöhnt. Menschen gingen nicht besonders leise, jeder Schritt erzeugte kleine Wellen im Boden, die die Schlangen spürten. Waren die Erschütterungen gleichmäßig, täglich zur selben Zeit, konnte man eine Schlange auch in einer der Wohnhöhlen antreffen. Meist waren es die Mädchen, die erschraken, wenn aus einer Handvoll Heu plötzlich eine Schlange schaute oder in einem leeren Krug zusammengerollt lag. Tr wusste, was es bedeutete, wenn eine Schlange ihren Hals in zwei, drei enge Schleifen legte. Jedes Opfer oder jeder vermeintliche Gegner würde sogleich angegriffen werden. Von ihren harten Kiefern konnte man einen blauen Fleck davon tragen. Faszinierend fand Tr die Tatsache, dass

Schlangen ihr Maul so weit öffnen konnten, dass selbst ein Kaninchen hindurchpasste. Meisterin Linon sprach davon, dass Schlangen ihr Kiefer aushängen konnten. Eine witzige Vorstellung, fand Tr. Anhand der abgestreiften, trockenen Haut konnte Tr einmal achtzehn verschieden große Schlangen zählen, die mit den Menschen bei den Höhlen lebten. Meisterin Linon sprach ihnen jene wichtige Aufgabe zu, das Dorf weitestgehend von Mäusen und Ratten frei zu halten. Zusammen mit den zahmen Mardern und Wildkatzen waren die Schlangen äußerst wichtig. Und im Winter musste man sie nicht füttern. Lin nannte es das erstarrte Leben. Tr schauderte leicht.

Er verließ den Rücken des Berges und stieg langsam bergab, während er weiter nach Osten hielt. Sein Schatten vor ihm wurde langsam länger und der Wind hatte etwas nachgelassen. Hier heroben lag von Gras und Büschen überwuchert jede Menge Geröll, kaum große Felsen. Für ein Feuer am Abend galt es trockene Äste zu sammeln. Jedes Mal, wenn er einen Stock aufheben wollte, drehte Tr ihn vorsichtshalber zuerst mit seiner Hisa um. Vielleicht war es doch besser, sich jetzt die Sohlenschützer anzubinden. Tr setzte sich auf einen Stein, spähte auf die Gämsen, die als Punkte auf einer weit entfernten Felswand turnten.

"Deine Verwandten!"

eVre sah sie nicht und roch sie auch noch nicht. Außerdem war sie eine Mischung aus Mufflon und Steinbock. Die Gämsen hätten wenig mit ihrem Verhalten und der Fellzeichnung anzufangen gewusst. Aber über die Felsen turnen konnte sie genauso gut.

Ein Murmeltier pfiff, als der Adler seine Kreise weiter zog und ein unvorsichtiges Opfer suchte. Für den Greifvogel gab es keine Grenze. Kein Berg war zu hoch oder kein Tal zu tief, um es nicht zu erkunden. Wälder mied er. Seine Flügel waren zu mächtig, um zwischen den Stämmen hindurch zu kommen. Ein Falke oder ein Habicht hatte da bessere Jagdmöglichkeiten.

Tr dachte an Bra. Er hatte einen Vogel als Begleiter, einen Habicht. ciPi war ein schönes Tier. Seidig glänzende Federn bedeckten den Körper. Am Bauch liefen Wellenmuster von einer auf die andere Seite. Der Blick war streng, stechend.

Bra hatte einmal ihr Futter auf die andere Seite des Platzes gelegt und sie hatte sich punktgenau darauf gestürzt. Dann hatte er Tr gebeten, das Futter am anderen Flussufer gegenüber den Höhlen auf einen Baumstumpf zu legen und sich zu verstecken. Auch da war ciPi direkt auf ihr Futter zugeflogen. Bra hatte ciPi nach einem Waldbrand, der von einem Blitz ausgelöst worden war, am Boden flatternd gefunden. Verzweifelt hatte sie versucht aufzusteigen, doch ihre Federn waren verbrannt. Teile der Haut waren versengt und eine Kralle hatte sie eingebüßt. Erst hatte sie sich heftig gegen die Hand gewehrt, doch schließlich war das Habichtweibchen am Platz vor den Höhlen auf einer Stange gesessen. Bra hatte ihr eine Haube aus einem kleinen Lederstreifen genäht und aufgesetzt. In der sie umgebenden Schwärze war sie bedeutend ruhiger gewesen.

Tr schüttelte den Kopf. Welche Schwierigkeiten Bra doch hatte, ciPi etwas zu lehren.

Dabei wäre es nachträglich gesehen doch so leicht gewesen.Aber beide hatten gelernt, aufeinander zu achten, jeder war vom anderen abhängig, wenn es hart auf hart ging. Hart auf hart. Tr grinste innerlich.

Er selber hatte wissen wollen, was eVre alles konnte. Schwimmen war das eine, doch dann hatte sie tagelang Durchfall. Klettern war ihr sowieso angeboren. Von gut zwei Mann hohen Felsen sprang sie ohne weiteres herunter. Doch konnte sie das auch hinauf? Immer wieder hatte er einen Leckerbissen auf einen Felsvorsprung gelegt. Immer wieder hatte sie ihn ausgetrickst und war von einer anderen Richtung zu der Belohnung gelangt, nicht direkt von unten. Eines Tages hatte er sich an einem Felsen weit in die Höhe gestreckt um einen saftigen Löwenzahn auf einen Vorsprung zu legen. Plötzlich hörte er hinter sich Hufgetrappel. Einige stechende Schmerzen an Gesäß und Schultern später stand eVre oben.

Sie hatte Anlauf genommen und war über Tr in die Höhe gelaufen. Er übte diese Art des Aufstiegs mit ihr. eVre konnte schließlich nicht nur über seinen Rücken in die Höhe laufen, sondern auch über seinen Bauch. Sogar, als sie im Wald zu einer weit ausladenden Eiche gekommen waren, half Tr frei stehend seiner Ziege auf einen der dickeren Äste.

Das hatte ihr auch schon nicht erst einmal das Leben gerettet. Der Schrei des Adlers riss ihn aus seinen Erinnerungen.

Das Gelände wurde zusehends steiler. Die Bäume verdichteten sich zu einem Wald. Moose und Waldboden bedeckten das Geröll und machten das Gehen weicher aber nicht schneller. Manchmal packte Tr seine Hisa mit beiden Händen und sprang über einen Felsbrocken hinweg oder über einen besonders dicken Baum, den ein Sturm einmal gefällt hatte. Er folgte einem Wildwechsel, der hinunter führte und verließ ihn wieder, um ein paar Schritte hinauf zu klettern, als er einen vielversprechenden Felsen im Wald sah. Am unteren Rand, da wo Schnee und Wasser den Stein gesprengt hatten, hatte sich ein Abri gebildet. Platz genug wäre vorhanden, um ihn und eVre vor Wind und Regen zu schützen. Tr glaubte zwar nicht, dass es regnen würde, aber der Tau würde dicht sein in dieser Höhe. Vielleicht zog Nebel herauf? In dieser Höhe würde es kaum Wölfe geben, aber ein Feuer konnte nicht schaden. An diesem Abend würde er hungrig bleiben. In den Nestern der kleineren Vögel waren nicht genügend Eier gelegen, um sie auszurauben. Die wenigen Ameiseneier füllten nicht den Bauch und die Steinhühner waren diesmal zu schnell für seine Pfeile.

Tr lehnte die Hisa an den Felsen und legte seinen Beutel, Pfeile und Bogen daneben. Sein Barra war aus hartem Holz geschnitzt und er suchte sich einen passenden trockenen Fichtenspan dazu. Nach einigen Augenblicken begann das Holz zu rauchen und der Span fing bald zu glühen an. Ein paar Atemzüge später knisterte schon ein munteres Feuer. eVre sprang noch umher und suchte sich ihr Abendessen. Tr blickte zwischen den Bäumen in den Himmel. Die On gaben den verschiedenen Sternhaufen unterschiedliche Namen von Tieren und Pflanzen. Ihm gefiel die Glockenblume am besten. Sie war die ganze Nacht über zu sehen, schloss wie ihr Ebenbild auf der Erde nie ihre Blüte. Sie drehte ihren Kelch ganz langsam von Osten nach Westen. Dabei wies die Blüte im Winter mit ihrer rückwärtigen Seite zu einem mächtigen Eiszapfen, der während der Nacht schnell über den Himmel zog. Im Sommer zeigte die Öffnung der Blüte in Richtung eines Insekts, das abends seinen Flug begann und im Morgengrauen verschwand.

Diese Nacht im Frühling ging der Eiszapfen schon unter und das Insekt, Tr glaubte eine Hummel zu erkennen, begann seinen Weg. In seinem Bündel fand Tr noch ein paar getrocknete Beeren, mit denen er seinen ärgsten Hunger stillen konnte.

"Du hast genug gefressen, stimmt´s?"

eVre stand nun neben ihm, meckerte leise in sich hinein und legte sich zu seinen Füßen. Den Kopf legte sie auf seine Oberschenkel. Sie rülpste noch einige Mal, kaute wieder und schlief schließlich ein. Tr streichelte sie noch eine Weile. Er dachte an Drobar und ihren Bären. Wo würde sie diese Nacht schlafen? Hatte sie das Dorf erreicht und fand sie trotz des Bären Aufnahme? Das Feuer drohte zu erlöschen und Tr legte nach. Einige Nachttiere waren erwacht. Käuzchen riefen ihre Partner, Mäuse raschelten am Waldboden. Ein aufgeschreckter Vogel kreischte kurz. Aufgeschreckt. Wovon aufgeschreckt? Tr horchte angestrengt in die Dunkelheit, doch das Knistern des Feuers war das einzige, das er wahrnahm. Mücken begannen um das Feuer zu kreisen, einige arme Seelen wurden von den Flammen erfasst. Tr glaubte auch einige Fledermäuse über sich flattern zu sehen, angelockt von den Mücken. Er lehnte seinen Kopf gegen den Felsen, sah den Wipfeln der Tannen und Fichten zu, die in der leichten Brise fast unmerklich hin und her schwangen. Tatsächlich flatterten Schatten über ihn hinweg, flogen einen Zickzackkurs. Ganz leises Fiepen war zu hören. Meisterin Linon hatte ihnen davon erzählt.

Tr konnte sich eine solche Jagd gut vorstellen. Geräusche gehörten zum Leben. Es war praktisch nie still, still im Sinne von nichts. Entweder bewegten sich die Blätter an den Bäumen, oder ein Tier schlich durchs Unterholz, jemand atmete oder schluckte, ein Tuch wurde gerafft oder Funken stoben aus dem Feuer. Wenn man mit jemandem sprach, verhallten die Worte auf der Wiese anders als im Wald zwischen den Bäumen. Unter dem Dach verklang eine Stimme anders als am Ufer eines Sees. Und erst das Echo! Tr war bei einer der kurzen Reisen an einer Klamm vorbei gekommen. Jeder Schritt hallte von den Felsen wider. Es war, als würde ihn jemand verfolgen. Das Meckern kam gleich so oft zurück, dass Tr glaubte in einer Ziegenherde zu stehen. Und als er einen Stein geworfen hatte, hatte es sich angehört, als prasselten gleich hunderte von ihnen herab.

Tr hatte öfters die Augen geschlossen und nur mit den Ohren versucht, sich seine Umgebung vorzustellen. Das Gezwitscher der Vögel und das Knicken von Zweigen, das Rascheln der

Mäuse im Untergrund waren leicht zu unterscheiden. Doch wenn Menschen ums Lagerfeuer saßen.....

Tr schreckte hoch. Der Schlag von Hufen auf Stein hatte ihn geweckt. eVre war von einem Felsen neben ihm herunter gesprungen und meckerte fröhlich. Das Feuer war ausgegangen, Tr fröstelte in der kühlen Morgenluft. Er schlang seinen Tecido enger um sich, blieb noch einige Augenblicke sitzen und stand dann auf. Das Liegen auf dem Waldboden war nicht unangenehm gewesen. Ein paar Steinchen hatte Tr zuvor beiseitegeschoben.

Eine vorherrschende Windrichtung war im Wald nicht auszumachen. Tr wäre gerne schräg zum Wind gegangen, um möglichen Jägern zu erschweren, seinen und eVres Geruch zu folgen. Hier im Wald an den Hängen stiegen sie beide nun rasch bergab. An einigen Stellen war ihr Weg an steilen Abbrüchen plötzlich zu Ende und sie mussten kleine Umwege gehen. eVre wäre wahrscheinlich ohne Probleme an den Felswänden hinunter geturnt, aber Tr war nicht so geschickt und außerdem hatte er nur zwei statt der vier Beine, um an den schmalen Vorsprüngen Halt zu finden. Der Boden wurde zunehmend feuchter und damit rutschiger. Einige Male glitten seine Füße aus und Tr fand sich einige Bäume weit tiefer unten. Der Nadelwald ging in einen gemischten Wald über, in dem Laubbäume, wie Buche, Ahorn oder Esche wuchsen. An manchen Abschnitten lag so viel Laub vom letzten Jahr, dass das Weiterkommen schwieriger wurde. Die Bäume trugen schon Blätter, sodass nicht mehr genügen Licht für die Kräuter und Sträucher durch kam. An manchen Stellen sah Tr,dass die Schatten kürzer wurden. Mittag stand bevor und sein Magen beschwerte sich, weil er seit gestern Mittag nichts Festes zum Verarbeiten bekommen hatte. Wenn es irgendwo steil bergab ging, musste unten ein Bach fließen. Fische mochten darin leben, am Wasser waren vielleicht andere Tiere zu erjagen. Es dauerte nicht lange und Tr hörte ein leises Plätschern in der Ferne. Bald stand er an einem Bach, dessen Bett steinig war, zu klein, um schon Fische tragen zu können. Krebse, Asseln, Würmer erfreuten sich unter Steinen und unter altem Holz eines artenreichen Lebens. Tausendfüßler, eine Ringelnatter, ein paar Mäuse fanden sich am Ufer, aber ungenießbar. Den Pilzen war es noch zu kalt. Im Totholz fand Tr aber einige fette Maden verschiedener Käfer. Tr zog seinen Bogen vom Rücken und legte einen Pfeil an. Im Falle des Falles musste ein schneller Schuss zum Erfolg führen.

Ein Eichkätzchen huschte vorüber, ein sehr unruhiges Ziel. Dann gab ein Specht, dessen aufgeregter Flug bogenförmig verlief, kein gutes Ziel ab. Aber eine Taube saß ein wenig zu lange auf einem Ast einer ausladenden Kiefer und fiel mit einem Pfeil, der ihre Brust durchbohrt hatte, direkt vor den Stamm des Baumes. Während eVre genüsslich wiederkäute, wurde die Taube am Ende eines Stockes gegrillt. Ein paar

schöne, starke Federn hatte sich Tr aufgehoben, die Gedärme zu einem nahen Ameisenhaufen getragen. Das Feuer brannte diesmal auf einem Felsbrocken, dessen Oberseite eben und horizontal war. Am Boden wäre Tr das Feuer möglicherweise davon gelaufen. Er wollte vermeiden, einen Waldbrand zu entfachen. Nach dem Essen suchte sich Tr einen Felsen, auf dem er über die Wipfel der Bäume blicken konnte. Es würde noch bis zum Abend dauern, die Ebene tief unter ihm zu erreichen. eVre sprang neben ihm die Felsen auf und ab. Einen solchen Felsen brauchten sie auch am Abend. Am Ende der Berge und am Beginn der Ebene mochten sich die unterschiedlichsten Tiere herumtreiben und Tr wollte die kommende Nacht an einem der Felswände verbringen. eVre konnte die Felsvorsprünge für ihren Schlafplatz nutzen und Tr würde sich eine Felsspalte suchen, in die er sich zwängen konnte. Bären und Wölfe würden sie dann in der Nacht nicht belästigen. Ein Luchs wäre noch zu fürchten. Nicht für ihn. Tr kam mit einem Luchs schon zurecht. Aber für eVre stellte diese große Katze eine gewisse Gefahr dar. Während die meisten Wildtiere zumindest in der Dämmerung noch gut sahen, gab es in der Nacht nur wenige Tiere, die im restlichen Licht nach Sonnenuntergang noch ihre Beute ausmachen konnten. Luchse zählten leider dazu, das wusste Tr. Er und eVre jedenfalls konnten bei Dunkelheit nur wenig sehen. eVre hatte aber den Vorteil, besonders gut riechen zu können. Es entstanden Geruchsbilder in ihrem Kopf. Und ihre Ohren spielten unabhängig voneinander in alle Richtungen. Linon meinte, dass Ziegen die Geräusche ebenfalls zu Bildern zusammensetzten. Tr hatte das immer sehr interessant gefunden. Wenn er in der Früh in der Wohnhöhle aufwachte, konnte er an den Geräuschen, die die Füße machten, die dazugehörenden Erwachsenen erkennen. Er erkannte an den Geräuschen, die Klauen auf dem Boden machten, welche der Ziegenherden an ihm vorbeigetrieben wurden. Letzte Nacht hatte er auch die Fledermäuse gehört und das Fiepen der Mäuse, als sie von einem Uhu geschlagen worden waren. Tr raffte sich auf. Die Taube in seinem Bauch gab ihm neue Kraft. Tr stieg weiter bergab und schaute dabei eVre zu, wie sie lustig über die Äste und Baumstämme sprang, die ihren Weg versperren wollten. Plötzlich stoppte sie. Ihre Nase fuhr in die Höhe, die Ohren spielten. Eine Weile schien sie abzuschätzen, was sie von dem Geruch halten sollte, den sie in die Nase bekommen hatte. Dann meckerte sie leise und sprang weiter. Tr hatte sie beobachtet. Tiere waren da vor ihnen, jedoch offenbar ungefährlich. Tr spähte angestrengt durch das Zwielicht im Wald. Noch konnte er nichts erkennen. Er wählte eine Richtung, die dem Wind angepasst war. Tr wollte ihm entgegengehen und seinen eigenen Geruch und den von eVre niemandem entgegen schicken.

Das Gelände war nun nicht mehr so steil.Der steinige Boden wechselte mit einem tiefgründigeren. Die Nadelbäume wurden weniger, gaben den Platz vermehrt frei für die Laubbäume. Tr blieb selber dann und wann stehen und horchte in die Stille zwischen den Bäumen.

Auch eVre blieb manchmal stehen und schaute in eine bestimmte Richtung. Und endlich konnte auch Tr sie sehen. Eine große Herde Hirsche durchstreifte den Wald. Ein Bulle führte sie an. Da der Wind günstig stand, kam die Herde recht nah an Tr vorbei. An eVre störten sich die großen Tiere nicht, da sie keinem Raubtier ähnlich sah. Tr war hinter einen Stein getreten. Sollte er eine der älteren Kühe schießen oder sie vorüber ziehen lassen? Kam er in den nächsten Tagen zu Jagdglück, oder sollte er es hier versuchen? Würde er eine so große Menge an Fleisch mitschleppen können? Er entschied sich gegen die Jagd und beobachtete die Herde. Der Bulle trug ein größeres Geweih, dessen Bast noch nicht abgefegt war. Tr glaubte zehn Enden zu zählen. Der Bursche war also noch nicht recht alt. In seinem Harem erkannte Tr an der Fellzeichnung zumeist junge Kühe und ein paar alte. Ihm fiel auf, dass zwei der alten Kühe keine Jungen führten. Ungefähr 100 Schritte war die Herde entfernt, als der Bulle seine Nase hob und seine Ohren in Trs Richtung schauten. Tr bewegte sich nicht, blickte nur mit einem Auge hinter dem Felsen hervor. eVre stand einige Sprünge entfernt und fraß Blätter. Die Herde zog weiter, einige Kühe streckten ebenfalls den Kopf, gingen dann wieder weiter. Offenbar wollten die Tiere eine Lichtung erreichen. Tr sah weiter entfernt mehr Licht durch die Bäume fallen. Der Bulle blieb noch eine Weile stehen, folgte dann seiner Herde. Tr kam aus seinem Versteck. Die kurzen Schwänze der Hirsche wedelten lustig, als sich die Umrisse der Tiere zwischen den Bäumen langsam verloren.

Das Gelände wurde zunehmend flacher. Jetzt begann der Weg, der am schwierigsten werden würde. Bären ließen sich frühzeitig vertreiben, wenn man eher geräuschvoll unterwegs war. Bären, normale Bären, kamen den Menschen nicht gern nahe. Er musste dabei an die zwei wilden Bären denken, die seinem Dorf solche Schwierigkeiten bereiteten.

In letzter Zeit waren sie gekommen und gegangen, wann immer sie wollten, meist nach Einbruch der Nacht. Kein Lagerfeuer oder das Schreien der Menschen konnte sie davon abhalten, alles zu durchstöbern, was liegen geblieben war. Die Ziegen mussten eingesperrt werden. Fische, die zum Trocknen sonst draußen hingen, mussten in die Höhlen mitgenommen werden. Ja, selbst die Werkzeuge untersuchten die Bären.

Tr war einmal von einer Kaninchenjagd sehr spät heimgekommen. Es war schon dunkel und er hatte sich dem Dorf genähert, als er merkte, dass niemand bei den Feuern saß. Stangen fielen zu Boden und er sah zwei massige Gestalten über den Platz ziehen. Einer der Bären hatte seine Nase gehoben und in seine Richtung geschnuppert. Zunächst waren die Bären noch auf dem Platz geblieben, doch dann hatte auch der andere Bär den Geruch einer Ziege in die Nase bekommen. Plötzlich hatten sie angefangen in seine Richtung zu trotten.

eVre war äußerst unruhig gewesen, schon die ganze Zeit über, aber nun war eine gute Idee von Nöten.

eVre war bereits zur Felswand gerannt und hatte Halt an den kleinen Vorsprüngen gefunden.

Sie war höher geklettert und war bald vor den Bären sicher gewesen. Aber Tr? Er hatte sich zur anderen Seite gewandt und war durch das Gestrüpp davongestürmt. Es war sich ausgegangen. Er hört hinter sich bereits das rhythmische Atmen eines Bären, wenn er lief, das gefährliche Brummen. Dann war Tr gesprungen. Der Bär war langsamer geworden, trabte unschlüssig um die Grube herum. Tr warf alles, was er zwischen die Finger bekommen hatte. Der Geruch war ihm egal, hier war es womöglich um sein Leben gegangen. Angewidert hatte sich der Bär nach kurzer Zeit abgewandt und war davongetrottet. Tr stand noch längere Zeit in der Grube des letzten Balkens. Er hatte wohl die Hälfte des Inhaltes nach draußen geworfen. Es stank bestialisch hier herinnen. Erst gegen Mitternacht war Tr herausgeklettert und zum Fluss geschlichen. Es hatte noch tagelang gedauert, bis auch eVre nicht mehr die Nase gerümpft hatte.

Während man sich normale Bären eher leichter vom Hals halten konnte, war das mit Wölfen ungleich schwieriger. Im Sommer kamen sie nicht allzu nah an das Dorf, doch im Winter hörte man sie in der Nähe heulen. Auf einer Wanderung oder dieser Reise war es ratsam, nicht zu viel Lärm zu machen. Die Nasen und Ohren der Wölfe nahmen alles auf. Und einem guten Duft wollten sie jedenfalls folgen. Tr prüfte die Windrichtung. Der Wind kam aus Südwesten. So wollte Tr am Vormittag in nordwestlicher Richtung zu gehen beginnen, um ihre beiden Geruchspuren durch den Wind verwischen zu lassen. Außerdem waren in der Ferne noch einige steile Hügel, einige Felsbrocken zu sehen, die in der Nacht besseren Schutz bieten mochten.

Gegen Mittag erreichten Tr und eVre einen Fluss. Er schnitt sich noch nicht tief in den Boden, der noch sehr steinig war. An manchen Stellen staute sich das Wasser zu kleineren Seen, in denen schon Fische zu finden waren. Tr freute sich über zwei Forellen, die er mit seinen Pfeilen stechen konnte. Er hob sie für abends auf, wenn er sowieso Feuer machen wollte. Tr fielen im weichen Ufersand die Spuren von Wildschweinen und Rehen auf. Ein gutes Stück flussabwärts fand er noch die großen Trittsiegel von Rindern. Größere Raubtiere hatten keine Abdrücke hinterlassen. Dachse und Füchse lebten allerdings in der Gegend. Tr suchte nach einer Stelle, an der eVre selber übersetzen konnte. Nass sollte sie nicht werden am Körper, aber auf den Füßen wäre es unbedenklich gewesen. Hinter einer Flussbiegung entdeckte Tr zwei umgestürzte Bäume, deren Stämme über den Fluss von einem Ufer zum anderen reichten. Hier konnte eVre darüber balancieren. Tr musste daran denken, wie eVre ihm gezeigt hatte, was sie alles konnte.

Er hatte sie als Kitz schon beobachten können, wie sie über umgestürzte Baumstämme sprang und an ihnen entlang balancierte. Egal ob sie trocken oder nass waren, sie rutschte nie aus oder kaschierte es mit ein paar schnelleren Sprüngen. An den Felswänden bekam sie nie Übergewicht. Die dem Felsen näheren Hufe stemmten sich gegen das Abrutschen, während die äußeren Hufe eine Handbreit tiefer gegen den Felsen drückten. So bezwang eVre immer wieder unmöglich erscheinende Wege durch die Felswände. Manchmal jedoch rutschte sie ab. Dann begann ein atemberaubender Sturz in die Tiefe. Mehr fallend als laufend schoss sie fast vertikal in die Tiefe, riss kleine Steine mit. Am Fuße eines Felsen sprang sie von der Felswand weg und landete in einem spitzeren Winkel am Boden, wo sie dann auslaufen konnte. Nur einmal wäre eine Situation beinahe außer Kontrolle geraten. eVre war hoch oben auf einer Geröllhalde auf ein paar köstliche Gräser gestoßen. Beim Umherspringen hatten sich einige Steine gelöst und waren zu Tal gerollt. Vor Schreck lief die Ziege statt bergauf nun bergab und hinter ihr lösten sich noch mehr Steine. Eine Lawine donnerte hinter ihr her. Immer wieder suchte sie einen Ausweg nach der Seite, sah aus den Augenwinkeln Steine auf sie zurasen, schlug wieder einen Haken und rannte vor dem polternden Geröll her. Einige Steine trafen sie und sie strauchelte fast. eVre vollführte Sprünge, Drehungen, meckerte dabei aber kaum, so, als wollte sie sich dadurch nicht ablenken lassen. Schließlich rannte eVre aus der Schusslinie und rettete sich in ein Wäldchen, das die Wucht der Steinlawine seitlich minderte, sie bedeutend abschwächte. eVre hatte oft Glück gehabt, davon war Tr überzeugt. Doch wenn sie bockte, mussten andere Tiere und Menschen in ihrer Umgebung höllisch aufpassen. eVre begann mit ihrem Kopf zu stoßen und mit ihren Hörnern zu stechen und damit war sie etwa Dachsen oder Füchsen gegenüber nicht zimperlich. Auch Wildschweine mochte sie in die Flucht schlagen. Und sicher hätte sie auch mit einem einzelnen Wolf keine Schwierigkeiten, war sich Tr sicher. Auch hatte ihm die Ziege schon Wasser gezeigt, das versteckt und unerkannt in Felsspalten herunter gluckste. Tr fand mit ihrer Hilfe doch einige Quellen, deren frisches Wasser herrlich schmeckte. Dabei gab sie Töne von sich, die Tr in ihrer Höhe oder Lautstärke genauso deuten konnte, wie in ihrer Länge und Wiederholung.Hier am Fluss nun gab eVre ein leises, trällerndes Meckern von sich.

Am gegenüberliegenden Ufer ging Tr zunächst noch ein Stück flussabwärts, da sehr dichtes Gestrüpp den Weg versperrte. eVre fraß gerade an einem Zweig, als sie aufschaute. Tr war vor ihr, sodass er es erst merkte, als er sich umdrehte, um zu schauen, wo sie geblieben war. Ihre Augen waren geweitet und ihre Nase spielte aufgeregt. Die Ohren waren leicht angelegt. Sie starrte an Tr vorbei den Fluss hinunter. Tr schlich zu ihr zurück.

Als er bei ihr angelangt war, schaute er ebenfalls in jene Richtung zurück. Kein Ruf oder Schatten, der auf Gefahr hindeutete. Der Fluss verbreiterte sich hier ein wenig, verschwand aber dann in einer Biegung. Dahinter mochte, an der Strömung gemessen, ein See liegen. eVre schnupperte am Boden, hob den Kopf wieder und ging zaghaft einige Schritte weiter. Sie musste etwas Interessantes gerochen haben, das aber offensichtlich nicht gefährlich war. Tr setzte sich in Bewegung und diesmal folgte ihm eVre. Langsam gingen sie weiter und gelangten zur Biegung. In einem sanften Schwung mündete der Fluss tatsächlich in einen See. Der Bewuchs deutete darauf hin, dass hier kein natürlicher See lag, sondern das Wasser die Ufer überschwemmt hatte. Als der See vor ihnen lag und sie auch sein Ende sehen konnten, wurde Tr klar, was sie gefunden hatten und wen eVre gerochen hatte. An der Oberfläche kräuselte sich das Wasser und braune Nasen mit schwarzen Nasenlöchern, buschigen Augenbrauen und kleinen frechen Augen schwammen ruhig dahin.

Am Ufer waren einige Bäume gefällt worden und die Bissstellen waren eindeutig. Hier hatten Biber ganze Arbeit geleistet. Bei den On gab es keine Biber. Es gab zwar genug Wasser, aber zu wenige Möglichkeiten, den Fluss aufzustauen. Außerdem lag das Gebiet zu hoch. Die vielen Steine erschwerten den Bau einer Höhle oder machten ihn unmöglich. So hatte eVre noch nie einen Biber gesehen, auch nicht gerochen. Als Tr näher kam, klatschten die Biber aufgeregt mit ihren Schwänzen auf das Wasser. eVre wich ein paar Schritte zurück, kam aber, die Nase tief am Boden,

wieder ans Ufer. Tr kam an einigen Stellen vorbei, die die Biber als Rutsche ins Wasser nutzten. An anderer Stelle transportierten sie die abgebissenen Äste ins Wasser. Am Ende des Sees sah Tr einen ungefähr zehn Schritte langen Damm, der gut fünf Schritte breit war.

Flussaufwärts gesehen war der Damm so hoch wie Tr. Am rechten Rand rann das überschüssige Wasser zwischen Ufer und Damm ab. Einige Fische versuchten gerade den Höhenunterschied zu überspringen. Auch hier hätte sich etwas fürs Abendessen fangen lassen.

Von Meisterin Linon wusste Tr, dass der Eingang zur Höhle unter der Wasseroberfläche lag. Ob die Biber zuerst die Höhlen bauten und dann den Fluss stauten oder umgekehrt, konnte Linon damals nicht sagen. Sie wusste nur von den Höhlen, weil sie einmal bei den Pal über vier Tagesreisen weit entfernt zu Besuch gewesen war. Die Biber in der Nähe hatten ebenfalls einen Damm gebaut, der aber aus irgendeinem Grund aufgegeben worden war. Als er dann gebrochen war und das Wasser abgeflossen war, konnte Lin die Eingänge zu den Höhlen erkunden.

Bis zu diesem Tag hatte Tr die Biber nur vom Hörensagen gekannt. Fantastische Baumeister sollten sie sein und machten sich das Wasser zunutze. Ja, das konnte er hier sehen. Tr beschloss, den Tag hier zu beenden. Ein schönes Fleckchen Erde, ruhig und doch kraftvoll zugleich. An einer Stelle des Waldes war es den Bäumen offensichtlich zu nass geworden. Ihre Gerippe standen ohne Blätter in die Höhe, eine kleine Lichtung hatte sich gebildet. Stauden und Brennnesseln wuchsen dort, eine junge Esche versuchte größer zu werden. Das Ufer fiel in einer niedrigen Stufe zum Wasser ab. An den alten Bäumen konnte Tr seinen Windschutz befestigen. Feuerholz gab es mehr als genug. An einem Stück Fichtenholz rieb Tr seine Barra bis es rauchte und die Fichte Feuer fing.

Der Nachmittag war längst angebrochen, als die Fische fertig gegrillt waren. Einer der Biber war gegenüber aus dem Wasser geklettert und hatte begonnen, an einem Baum weiter zu nagen, an dem er schon begonnen hatte. Es fehlte nicht mehr viel. Noch bis zum Abend war zu erwarten, dass die hohe Pappel fallen würde. Im Wasser warteten inzwischen die anderen Tiere der Familie. Tr zählte an die sieben Biber, zumeist kleinere. Ein größerer Kopf verschwand von Mal zu Mal und tauchte erst nach geraumer Zeit wieder auf. Tr meinte das Muttertier zu erkennen, das entweder unter Wasser fraß oder die kleinsten Jungtiere in der Wohnröhre säugte. Mit zwei Jahren wurden die Jungtiere vertrieben und mussten sich eigene Flussabschnitte oder andere geeignete Lebensräume suchen. Tr dachte an seine eigene Situation. Nein, er wurde nicht vertrieben. Er wollte hinaus, schließlich war es so Sitte. Er wollte andere Dörfer besuchen, neue Menschen und neue Techniken kennen lernen. Unbewusst griff er an seinen Vyo. Wie viele Zeichen mochte er bei seiner Wanderung sammeln? Würde er am Ende seiner Reise voll sein? Plötzlich tauchten alle Biber unter. Tr meinte ein sehr hohes Pfeifen zu hören. Dann begann Holz zu splittern. Es krachte, als Fasern rissen. Blätter rauschten, wurden abgerissen. Zweige knickten, Äste zerbarsten unter der Last der mächtigen Pappel. Die Erde bebte, als der Stamm auf den Boden schlug. Die Spitze der Pappel schlug wie eine Peitsche ins Wasser. Für einen kurzen Augenblick zerschnitt ein Graben die Wasseroberfläche. Stille. Einige Blätter segelten zu Boden. Augenblicke später tauchten die Biber wieder auf und schwammen ans Ufer. Der Biber an Land begann Zweige abzubeißen und sie Richtung Wasser zu zerren. Die anderen Biber taten es ihm gleich. Nun konnte Tr deutlich die Elterntiere und ihre Jungen an ihrer Größe unterscheiden. Vereinzelt konnte er auch die Farbe der beiden Schneidezähne erkennen. Während die jüngeren Tiere noch hellere Nagezähne mit leicht oranger Färbung hatten, waren die beiden Schneidezähne der erwachsenen Biber schon tief orange, an manchen Stellen fast rot. Die Biber zogen die Rinde des Baumes teilweise ab und fraßen die weichere

Bastschichte darunter gleich. Ein Rauschen ertönte über Tr. Ein Entenpaar setzte zur Landung an, quakten dabei fröhlich. Das friedliche Nebeneinander freute Tr und er hätte fast das ferne Heulen überhört. Er zuckte zusammen. Ein anderes Heulen antwortete. Die Wölfe riefen einander zur Jagd zusammen. Tr sprang auf, suchte eVre, pfiff ihr. Sie kam herangesprungen. Auch sie hatte die Wölfe gehört, gerochen wohl noch nicht, sonst wäre sie früher gekommen. Tr trug in aller Eile so viel Feuerholz zusammen wie ihm nur möglich war. Nach kurzer Zeit hatte er fast schon einen Wall um sich gebaut. Mit dem Feuer konnte er die Wölfe auf Abstand halten. Notfalls müsste er eVre ins Wasser hinaus tragen. Nur längere Zeit im See zu stehen, stellte er sich schwierig vor. Sollte er schnell ein Floß zusammen bauen? Ein Baumstamm mitten im Wasser würde eine Weile schwimmen und eVre konnte gut die Balance halten. Er selber konnte sich gegen die Wölfe verteidigen. Wölfe konnten schwimmen, aber nicht gleichzeitig jagen. Eine Keule musste noch her! Tr legte einige längere Knüppel ins Feuer, die tüchtig glühen sollten, wenn das Rudel sie angreifen würde. Er spürte Aufregung. Das erste Mal, dass er sich alleine einer Meute Wölfe stellen musste. Mit Erp war das damals nicht so leicht gewesen.

Zu zweit einer Meute Wölfe gegenüber zu treten, zwar mit ihren Hisa aber ohne Begleiter, war sehr Nerven aufreibend. Die Meute war ihnen auf die Spur gekommen, als sie einen Hirsch erlegt und an die zusammengebundenen Hisa gehängt hatten. Der kleine Ausflug hatte sich schlussendlich über gut zwei Tage erstreckt. Sie mussten übernachten und ein Feuer machen. Doch wie verhext bekamen sie keines zustande. Taunasses Holz und ein kräftiger Wind vereitelten das Feuermachen. Sie hatten den Hirsch zwar schon weitgehend ausgeweidet, doch sie wollten wichtige Teile nicht zurück lassen. Offensichtlich hatte sich ein gewisser Geruch schon in der Umgebung verbreitet und Wölfe angelockt. Sie waren von zwei verschiedenen Seiten gekommen, hatte einige Teile des Hirsches erbeuten wollen. Doch Erp verstand mit der Hisa umzugehen und Tr versetzte den Wölfen Hiebe gegen die Läufe. Tr sah, wie Erp den Wölfen einen seiner Füße hinstreckte, um den sein Schlaffell gewickelt war. Ein Wolf verbiss sich darin. Erp brauchte ihm nur noch einen Stich zu versetzen und schon zog der Wolf jaulend seinen Schwanz ein. Als gute Taktik hatte sich erwiesen, dass Erp und Tr mit dem Rücken zueinander gestanden waren. Damit konnten sie ihren Platz in alle Richtungen gleichmäßig überblicken und verteidigen.

Die Dämmerung legte sich über den künstlichen See. Die Biber waren untergetaucht und ruhten wahrscheinlich schon in ihren Gängen unter der Erde oder im Damm. Wölfe konnten den Damm nur langsam überqueren, zu viele Zwischenräume im Gewirr der Äste machten ein Laufen unmöglich. Das wäre auch noch eine gute Möglichkeit sich zu verteidigen, wenn man nicht selber zwischen den Ästen stecken blieb. Ein leichter Wind blies in jene Richtung, aus der die Wölfe geheult hatten. Vielleicht ließen sie sich durch Rauch fern halten. Tr legte frische Blätter auf das Feuer und im Nu rauchte und qualmte es gewaltig. eVre stand leise meckernd wie protestierend auf und suchte sich ein Plätzchen hinter dem Feuer und nieste einige Male. Tr musste zusehen, nicht zu viel Rauch abzubekommen. Er wollte nicht husten und sich noch mehr verraten. Das Heulen wiederholte sich mehrstimmig. Ob es näher kam, konnte er nicht feststellen. eVre bleib noch gelassen. Nichts verriet, ob sie das Herannahen der Wölfe spürte. Die Ziege lag vor einem größeren Haufen trockener Äste direkt am Ufer. Tr hätte sie sofort schnappen und ins Wasser springen können. Gespannte Ruhe breitete sich über den See aus. Tr sah den Eiszapfen langsam untergehen und das Insekt begann seinen Flug. Das Heulen der Wölfe klang näher, fand Tr. Doch eVre blieb weiterhin ruhig liegen und kaute wieder. Das Rülpsen von ihrem Hochwürgen untermalte das Zirpen einiger Insekten im Schilf, das neben dem Biberhaufen wuchs. Im Schein des Feuers sah Tr Mücken über die Wasseroberfläche huschen und Fledermäuse erhaschten sie ihrerseits. Manchmal berührte ein Flügel die Wasseroberfläche, dann kräuselte sich das Wasser. eVre fuhr hoch. Das Weiße in ihren Augen trat deutlich hervor.

Es ging los. Tr legte viel Holz nach, schob die dickeren Äste vor. Die Ziege meckerte leise. Tr nahm einen der längeren Äste, der schon brannte und stand auf. Im Schein des Feuers musste seine Silhouette gut sichtbar sein. Das würde die Wölfe wohl wenig kümmern, wenn sie nicht schon das Feuer abhalten würde. Tr sah, dass eVre mit den Ohren spielte. Tr sah zum Himmel. Das Insekt hatte eben erst begonnen zu fliegen. Zu lange würde die Nacht noch dauern und dann? Würden die Wölfe ihnen auflauern, würden sie es rechtzeitig merken? Es war wichtig, am Morgen nicht das Revier der Wölfe zu betreten, ihnen nicht in die Quere zu kommen. Sie durften also nicht weiter dem Fluss folgen, sondern mussten weit nach Osten ausweichen.

Wenn sie noch dazu Gelegenheit bekamen.

Doch zuerst mussten sie diese Nacht überstehen. Das Feuer knisterte laut und Tr hatte Schwierigkeiten, Geräusche aus dem Wald zu unterscheiden. Die Ohren der Ziege spielten noch immer nervös und dann und wann war ein leises Meckern zu hören. Doch die Aufregung wuchs nicht. Die vor Schreck geweiteten Augen zuckten nicht mehr nervös. Der Kopf war nicht mehr starr in eine Richtung geneigt sondern entspannte sich zusehends. Die Nase spielte wieder, die Nasenlöcher blähten sich noch einige Male, dann legte sich eVre wieder hin. Tr traute seinen Augen nicht. Dem Heulen der Wölfe nach zu urteilen, wären sie auf Jagd gewesen, aber offenbar kamen sie nicht hierher. Auch er entspannte sich und setzte sich nach geraumer Zeit wieder. War der Spuk an ihnen vorbeigezogen? Griffen die Wölfe von der anderen Seite an? Nein, das Heulen entfernte sich mehr und mehr, kam aus einer geringfügig anderen Richtung und bestärkte Tr am Morgen die östliche Richtung einschlagen zu wollen.

Das Insekt flog fast über ihm, als das Morgengrauen im Osten stärker wurde. Tr hatte kein Auge zugemacht, war erschöpft und fühlte sich leer. Wie sollte er den Tag überstehen? Er brauchte einen klaren Kopf.

Tr steckte die Hisa ans Ufer, ließ sein Tuch fallen und stieg ins Wasser. Es war eiskalt. Ein Biber, der gerade aufgetaucht war, klatschte mit seinem Schwanz aufgeregt aufs Wasser. Tr blieb in der Nähe des Ufers. Er konnte zwar schwimmen, wusste aber nicht, was die Biber machen würden, käme er ihnen zu nahe. Die Enten waren laut schnatternd davon geschwommen und suchten gegenüber grundelnd nach Futter. Tr fühlte mit seinen Zehen den Boden. Er war weich und erdig, rutschig und trübte das Wasser. eVre meckerte leise und blickte in den Wald gegenüber. Tr hörte leises Knacken von trockenen Zweigen. Ein Rehkopf erschien, wahrscheinlich ein jüngerer Bock. Er zog seine Hinterbeine schwerfällig nach, hatte eine hässliche Wunde am Ende des Rückens. Das Blut war getrocknet, einige Fliegen flogen lästig um die Verletzung. Die Augen waren glasig nach vorne aufs Wasser gerichtet.

Tr ging im Wasser langsam rückwärts. Am Ufer erreichte er ganz knapp mit den Händen seinen Bogen und einen der Pfeile. Den Kopf dicht an der Wasseroberfläche, den Bogen samt Pfeil knapp davor, ging Tr auf den Bock zu. Entweder sah der Bock ihn nicht oder er ignorierte ihn möglicherweise als Biber, aber Tr kam dicht heran. Erst als der Bogen schnappte und der Pfeil surrte, versuchte der Bock eine Fluchtbewegung zu machen. Doch der Pfeil hatte sich knapp unterhalb des Halses in den Brustkorb gebohrt. Mit einem erschrockenen Hecheln und weit aufgerissene Augen fiel der Bock ins Gras am Ufer. Seine Vorderläufe zuckten noch einen Augenblick, dann erschlafften sie. Tr vergaß die Kälte. Seine Zähne klapperten zwar, das merkte er aber nicht. Tr nahm den Kopf des Bocks an den Spießen und zog den ganzen Körper am Ufer entlang zu seiner Feuerstelle hinüber. Er legte nach und wärmte sich am erwachenden Feuer. Er schlang sein Tuch um sich, öffnete es von Zeit zu Zeit zum Feuer gewandt, um die Wärme direkt an seinen Körper zu lassen. Als er trocken war und seine Haut zu kribbeln aufgehört hatte, untersuchte er den Rehbock. Die Wunde am

Hinterlauf musste mehr geschmerzt haben als der Schuss ins Herz. Handtellergroß fehlte ein Hautlappen. Zahnspuren oder Einrisse von Krallen konnte Tr nicht finden. Ein kleines Stück toten Holzes steckte in der Wunde. Fliegen hatten Eier in die Wunde gelegt. Der Bock hatte schon an Wundvergiftung gelitten. Es war eine Frage der Zeit gewesen, wann er die Welt verlassen hätte. Jedenfalls blieb Tr noch eine Nacht hier. Tagsüber musste er den Bock zerlegen, das Fleisch grillen, räuchern. Die Gedärme und Innereien wollte Tr wegen der Vergiftung nicht verwerten. Er würde sie weit weg tragen und vergraben, damit die Wölfe möglichst nichts in die Nase bekamen. Beim Zerlegen des Bocks fand Tr den Oberschenkelknochen zertrümmert und den Beckenknocken gebrochen. Ein harter Schlag, vielleicht ein Sturz, könnte der Grunde gewesen sein, dass der Bock gelitten hatte. Tr schnitt Streifen aus dem Muskelfleisch und hängte sie über dünne, frische Zweige in den warmen Rauch des Feuers. Während des Vormittags baute Tr aus Ästen einen engen Schutzwall ums Feuer, dessen beide Enden bis ans Ufer reichten. Er ließ Platz für eVre und sich und das Feuerholz, das für die kommende Nacht reichen sollte. Gegen Mittag kamen einige Gänse vorbei, deren Landung am Wasser weitaus spektakulärer verlief als die der Enten in der Früh. Sie hatten zwar auch die Füße vorgestreckt, doch durch ihr höheres Gewicht überschlug sich das Wasser in einem fantastischen Rauschen. Manche Gänse landeten in einem flacheren Winkel, andere spritzten erheblich mehr Wasser in die Höhe, da sie steiler landeten. Belustigt hatte Tr am Vormittag zugesehen, wie eine der Enten von einem auftauchenden Biber erschreckt worden war. Sie hatte sich mit den Flügeln an der Wasseroberfläche hochgestemmt und war vertikal in die Höhe gestartet ohne Anlauf genommen zu haben. Diesen schwereren Gänsen würde das nicht so elegant gelingen.

Um die Mittagszeit war das Fleisch des Rehbocks fertig geräuchert, einige Streifen gerade richtig gegrillt, um sie zu verspeisen.

Tr genoss die Ruhe am See, das gelegentliche Starten und Landen der Gänse. eVre kaute gerade wieder und die Sonne schien zwischen einigen Wolken hervor. Tr fühlte sich müde. Er kauerte sich zum Feuer und legte seinen Kopf auf einen Stein. Eine Weile zu schlafen wäre eine angenehme Sache. Tr fielen die Augen zu. Die Wolken verfinsterten sich, die Sonne sank. Als sie den Horizont erreichte, explodierte sie und unzählige Bruchstücke kamen in Gestalt von Gänsen auf ihn zugeflogen. Alle wollten sie auf seinem Kopf landen und er schrie auf. Tr riss die Augen auf. eVre stand laut meckernd vor ihm, die Augen im Schreck geweitet. Hechelnde Schatten liefen um den Schutzwall des Feuers herum, knurrten. Die Sonne berührte noch nicht die Wipfel der Bäume. Am helllichten Tag griffen die Wölfe einfach an! Tr sprang auf. Das Feuer war ausgegangen, einige Holzstücke glosten noch. Er riss einen langen Ast aus der Asche, trommelte damit auf den Wall und schrie. Er drehte die verkohlten Reste in der

Feuerstelle um und versuchte sie zu feurigem Leben zu erwecken. Indessen sprangen die Wölfe auf den Wall, rutschten ab, verhedderten sich im Geäst, jaulten, knurrten sich gegenseitig an. Ein Wolf sprang ins Wasser, watete um den Wall herum und kletterte ans Ufer. Tr versetzte ihm mit einem größeren Ast einen Hieb an den Kopf. Der Wolf wich zurück, sprang wieder vor. Tr schlug ihm von der Seite in die Flanke. Eine kleine, abgebrochene Astgabel riss dem Wolf ein Stück Haut auf. Er jaulte, verbiss sich im Ast. Tr griff nach seiner Hisa und versetzte dem Wolf einen verheerenden Stoß an den Hals. Es krachte. Der Wolf brach mit seinen Vorderläufen ein. Er ließ den Ast los, in den er gebissen hatte. Aus seiner Kehle kam kein Bellen mehr, sondern ein gurgelnder Laut. Blut rann ihm aus dem Maul. Er kippte zur Seite und blieb liegen. Seine Hinterläufe versuchten zwei, drei Sprünge zu machen. Dann erschlaffte der Körper. Ein anderer Wolf war über den Wall geklettert und stürzte sich auf eVre. Tr hieb ihm mit der Hisa die Beine weg. Jaulend krachte der Wolf zu Boden. Winselnd versuchte er mit der Schnauze einen seiner Hinterbeine zu erreichen. Tr warf die drei restlichen langen Äste ins Wasser, packte eVre und sprang ins Wasser, gerade als ein dritter Wolf von der Seite ins Wasser tappte um den Wall zu umgehen. Tr hatte eVre am Rücken. Durch ihr Gewicht bekam er am Boden des Sees guten Halt mit seinen Füßen und war schnell einige Schritte weit vom Ufer entfernt. Der dritte Wolf sprang hinter ihm her. Tr bekam einen der Äste zu fassen und schlug wild um sich. Die Hisa konnte er hier nicht zur Verteidigung verwenden, weil sie zu leicht war. Sie dümpelte langsam von ihm weg. Tr warf eVre soweit er konnte in den See hinein, griff mit beiden Händen den Ast und tauchte damit den Wolf unter. Der kam nach Luft schnappend an die Oberfläche, während Tr den nächsten Wolf untertauchte. Vier Wölfe waren nun im Wasser und Tr schlug wild um sich. Zwischen das Knurren und Jaulen mischte sich Meckern, das sich langsam entfernte. Zwei Wölfe bluteten aus der Nase, einer

bekam fast keine Luft mehr und winselte, der vierte trieb
ohnmächtig an der Wasseroberfläche. Tr schrie die Wölfe an,
schlug mit dem Ast aufs Wasser und auf ihre Schwänze.
Schließlich drehten sie ab und kletterten ans Ufer. Der am
Bein verletzte Wolf rappelte sich auf, fiel ins Wasser, kletterte
auf der anderen Seite des Walls mühsam ans Ufer und
verschwand wie seine Artgenossen im Dunkel zwischen den
Bäumen. Tr suchte seine Hisa, stieß damit den treibenden
Wolf an. Da er sich nicht rührte, packte ihn Tr an den
Hinterläufen,zog ihn an Land und legte ihn neben den
Kadaver des ersten Wolfes. Er blickte sich um. eVre war ans
gegenüberliegende Ufer geschwommen und lief zitternd auf
und ab. Tr rannte über den Biberdamm zu ihr, berührte sie
am Hinterkopf und führte sie so zurück um den Wall herum
zur Feuerstelle. Sie stockte angesichts der Wolfskörper, als
diese sich aber nicht rührten, stellte sie sich neben das Feuer
und ließ sich von Tr reiben und auf diese Weise trocknen.
Das Feuer knisterte wieder fröhlich, wurde heller und
wärmer, als die Sonne unterging. Auch der zweite Wolf hatte
nicht mehr angefangen zu atmen. Was sollte Tr mit den
Kadavern machen? Liegenlassen, ausweiden, das Fell
mitnehmen, Krallen und Zähne abbrechen, sie begraben? Tr
hatte ihr Leben beendet, bevor sie seines beendet hätten. Er
holte tief Luft, summte leise, dann lauter. Er holte wieder
Luft und brüllte nun fast. Das Ritual war allen On zu eigen,
jeder   kannte   es,   jeder   vollzog   es   angesichts   der
Notwendigkeit, fremdes Leben auszulöschen um sein eigenes
fortführen zu können. Das Ritual sollte ein Zeichen der
Dankbarkeit, der Achtung gegenüber jeder anderen Kreatur
sein. Tr blickt zum Himmel.
Der Eiszapfen stand in der Mitte seiner Bahn, bald würde das
Insekt erscheinen. Diese Nacht würden sie ruhig schlafen
können. Wahrscheinlich ließen sie die Wölfe in den nächsten
Tagen   in   Ruhe.   Zu   groß   waren   ihre   Verluste   an
Rudelmitgliedern und mindestens ein Wolf war erheblich
verletzt. Er hatte eVre nicht rechtzeitig gehört. Sicher hatte

sie schon längere Zeit die Gefahr gerochen und gehört, aber sein Schlaf war so tief gewesen, dass er erst zu spät erwacht war. Was hätte er tun können? Was hätte er besser tun können, als das, was er getan hatte? Ein Floß bauen, auf einem Baum übernachten? Eine Insel gab es nicht und selbst da wären die Wölfe hinüber geschwommen.

Es war wie es war.

„Mach das Beste aus jeder Situation!"

Meister Hun hatte es ihnen immer wieder gesagt.

Tr sammelte die Fleischstreifen ein, die verstreut ums Feuer lagen, reinigte sie und wickelte sie in seinen Beutel. Die Hisa war wieder trocken, so wie eVre, die beruhigt ein paar Blätter zupfte und Gras fraß. Tr beschloss am nächsten Morgen einen der Wölfe zu häuten, sowie Krallen und Reißzähne zu ziehen. Dann wollte er die Kadaver vom See weg in den Wald ziehen und sie den Aasfressern überlassen. Tr legte noch Holz ins Feuer, dann übermannte ihn traumloser Schlaf.

Die Sonne stand über den Bäumen, als Tr sein Messer reinigte. Ein Hand voll Zähnen und Krallen wanderte in den Beutel. eVre lag wiederkauend neben dem Feuer. Die beiden toten Wölfe lagen einige Schritte weit im Wald, nicht da, wo Tr später wieder vorbei kommen wollte. Das Feuer war ausgegangen und Tr und eVre verließen die Idylle, die ihnen möglicherweise das Leben gekostet hätte und die es ihnen schließlich erhalten hatte.

"Egal was du betrachtest, es hat eine Seite, die du gerade nicht siehst."

Seine Mutter Halana war eine weise Frau. Sie hatte ihn in seinen Ideen und Arbeiten immer unterstützt. Manchmal sah sie ihm direkt ins Gesicht, schien ihn zu mustern, als ob sie dahinter etwas entdecken könnte. Sein Vater hatte ihm einiges beigebracht, wie das Kämpfen oder besser gesagt das Verteidigen und das Schwimmen. Es gab Dorfbewohner die Angst vor tieferem Wasser hatten. Doch Tr konnte schwimmen und sogar tauchen. Nur seine Vorliebe für Ziegen hatte sein Vater nicht verstanden.

Tr hatte gedankenverloren auf die Wasseroberfläche geblickt.

Wie zur Verabschiedung waren die Biber aufgetaucht. Das Wasser kräuselte sich, schlug kleine Wellen, die sich verliefen. Zeit zum Aufbruch. Die Sonne stieg schon deutlich über die Baumwipfel, als Tr unterhalb des Biberdammes den Fluss verließ und in nordwestlicher Richtung im Wald verschwand. Es standen zumeist alte, hohe Bäume in diesem Teil des Waldes. Zwischen ihnen war genug Platz um sich ungehindert einen Weg zu suchen. Manche der Baumriesen waren umgestürzt, Lianen wickelten sich um die Toten, junge Bäume wuchsen an deren Flanken. Solche Stellen waren dicht bewachsen und Tr musste sie umgehen. Jede Pflanze versuchte aus einem Flecken Licht ihren Vorteil zu ziehen. Zumeist standen Laubbäume hier, wie Eschen, Eichen, Erlen. Ahorn und Buchen mischten sich mit Nadelbäumen. Tr sah Tanne, Fichte, Kiefer und viele Lärchen. Entlang einer Geländekante zu einem Bach hinunter fand er Eiben. Einige Eicheln vom Vorjahr lagen noch am Boden und Tr sammelte sie ein. Sie waren innen zwar schon schwarz, aber manche hatten ausgetrieben. Zu essen waren sie nicht mehr, bitter, ungenießbar, aber zum Gerben des Wolfsfelles würden sie noch gute Dienste leisten.
Der Herbst war für das Dorf immer eine sehr arbeitsreiche Zeit. Viele Früchte an den Bäumen und Büschen wurden reif und mussten geerntet werden. Besonders gefielen Tr die dreieckigen Nüsse der Buchen mit ihren krausen Hauben. Auch die Eicheln fielen oft mit ihren Blütenresten ab, die ebenfalls wie Hauben aussahen. Besonders nach starkem Wind musste man schnell sein, sonst stritt man sich mit Wildschweinen oder Hirschen um die Früchte, die am Boden lagen. Die Haselnüsse wuchsen bequem an Büschen und hatten recht dicke Schalen, weshalb man keine Konkurrenten fürchten musste. Eichkätzchen hatten zwar entsprechende Zähne, um die harten Schalen knacken zu können, aber den kleinen Tieren gönnte man die Nüsse. Um die Walnüssen war ein regelrechtes Wettrennen entstanden. Diese Nüsse wuchsen nur an den Enden der Zweige. Niemand von den

Menschen konnte dorthin gelangen um sie zu pflücken. Man musste diese Bäume jeden Tag besuchen und Nüsse klauben und manchmal waren schon andere Besucher dagewesen und hatten alles aufgefressen. Auch die Raben hatten ihre Freude an den Walnüssen und ließen sie an geeigneter Stelle aus dem Flug vom Himmel fallen. Die Nüsse zerschellten dann zumeist an Steinen und die Raben konnten den Inhalt genüsslich verspeisen. Die Spechte wiederum holten sich die reifen Nüsse und steckten sie in eine Astgabelung um sie dann mit dem spitzen Schnabel aufzuklopfen. Immer wieder fanden diese Vögel bis ins Frühjahr hinein vergessene Nüsse und stillten ihren Hunger.

Vögel hatten es in vielem überhaupt leichter. Im Herbst hingen vielerorts Beeren an den Büschen, die für andere Tiere und den Menschen ungenießbar, manche sogar giftig, waren. Über den Winter konnten die Vögel von Busch zu Busch fliegen und den Vorrat an Beeren nutzen, so sie denn davon leben mochten. Denn andere Vögel, die auf Insekten oder Würmer spezialisiert waren, fanden begreiflicherweise nichts zu fressen und mussten wegziehen. Tr hatte schon oft große Schwärme an Krähen oder Gänsen gesehen, die kreischend und schnatternd über den Himmel zogen, ihn verdunkelten. Von einem Tag auf den anderen war der Himmel dann leer und still, ein sicheres Zeichen, dass der Winter mit festem Schritt herannahte. Im Frühjahr ereignete sich dieses Schauspiel in umgekehrter Reihenfolge. Krähen und Gänse ließen sich Zeit, wahrscheinlich kamen sie von weiter her. Die Störche und Reiher waren die ersten Vorboten der wärmeren Jahreszeit. Für Tr war es auch immer faszinierend zu sehen, wie die Bäche ihr Eis abstreiften und das Wasser stieg. Die Eismenschen wussten viel über jenen Stoff, auf dem sie gingen, den sie formten, von dem sie lebten. Tr schauderte. Längere Zeit wollte er nicht bei den Eismenschen leben, aber interessant waren sie allemal.

Bis zu Mittag hatten Tr und eVre einige Bäche überquert, waren an Lichtungen vorbeigekommen, die ein Sturm geschlagen haben musste und waren durch ein sumpfiges Gelände gegangen. Der Wind wurde stärker und Wolken zeigten sich am Himmel. Regen stand bevor und Tr hätte gerne eine Höhle gefunden, damit sie nicht nass würden. Doch hier gab es keine Erhöhungen, die Höhlen zugelassen hätten. Die Unterschwemmungen an den Prallhängen oder großen Steinen an den Bächen und Flüssen, an denen sie vorbei kamen, waren bei Hochwasser, die ein Regen mit sich bringen konnte, möglicherweise lebensgefährlich. Tr hielt nach geeigneten Bäumen Ausschau, deren Äste weit ausladend wuchsen. Unter ihnen hätte man den Windschutz aufspannen können und wäre einigermaßen trocken geblieben. Doch Tr hatte vor, einen solchen Baum zu erklimmen und in sicherer Höhe sein Nachtlager aufzuschlagen. Noch war es aber nicht so weit und Tr und eVre waren guter Dinge. Wieder stiegen sie einen kleinen Hügel hinauf, verließen das eine Tal, den einen Bach, um zum nächsten Tal und dem nächsten Bach zu gelangen. Trampelpfade von Rindern kreuzten ihren Weg, schmale Pfade von Rehen und Dachsen führten an die Ufer der Bäche und teilweise auf der anderen Seite weiter. Wildschweinspuren verbanden Suhlen mit markierten Bäumen, verbanden aufgerissenen Boden mit jenen Stellen, an denen die meisten Eicheln zu finden waren.

Tr spürte das Bedürfnis, einen letzten Balken zu besuchen. Doch hier störte es niemanden, als er sich einfach neben einem Gebüsch erleichterte. Im nahen Bach wusch er anschließend seine Hände. An einer ruhigeren Stelle des Baches staute sich das Wasser und bildete dahinter eine kleine Pfütze. Tr betrachtete sein Spiegelbild. Auch eVre schaute ins Wasser, schien aber ihr Spiegelbild nicht zu erkennen. Einige Bartstoppeln hatten sich am Kinn gebildet, eine kurze Narbe an der linken Backe erinnerte an den vorhergegangenen Tag und seine schweißnassen Haare hingen in Strähnen herab. Bruchstücke verwelkter Blätter hatten sich mit Spinnweben in seinem Haar verfangen.

Tr fuhr sich mit der Hand über den Kopf, entfernte Spinnweben und Blätter. Die Sonne war hinter den aufziehenden Wolken nicht mehr zu erkennen, der Wind drehte nun mehrmals, sodass Tr Gefahr lief, die Richtung zu verlieren. In der Nähe des Baches stand ein Baum, eine verkrüppelte Buche. Der Stamm war in der Hälfte gebrochen, die darunter liegenden Äste waren verstärkt nach der Seite gewachsen. Sie reichten etwa bis sieben Schritte vom Stamm weg. Ungefähr in der doppelten Höhe eines erwachsenen Menschen befand sich ein Ast, breit genug um darauf sitzen zu können. Darüber wuchsen zahlreiche Äste aus dem Stamm rund um die Bruchstelle und bildeten ein natürliches Dach. Mit seiner Hisa versuchte Tr den stärkeren Seitenast zu erreichen und ihn herunter zu ziehen. eVre konnte am Ende auf den Ast springen und so bis zum Stamm balancieren. Tr sammelte einige dürre, armdicke Äste und Ausläufer von der Waldrebe. Er band sich alles zu einem Bündel zusammen, hielt das eine Ende fest und versuchte sich an Zweigen, die aus dem Stamm der Buche wuchsen, hoch zu ziehen. Oben angekommen zog er das Bündel Holz nach. Zwischen den Verästelungen der Buche baute er sich ein Nachtlager und befestigte das Zelttuch über sich an den Zweigen.

"Es wird kalt werden."

eVre verstand nur, dass sie Tr begleiten sollte und sprang mit ihm vom Ast hinunter. In der Umgebung suchte Tr länger nach einem geeigneten Stein, leicht genug für den Baum, groß genug, um darauf ein kleines Feuer brennen zu lassen. Es donnerte und der Wind frischte auf. Rasch sammelte Tr Feuerholz, holte den Ast abermals für eVre herunter und zog das Bündel Holz zu sich herauf, nachdem er selber hinauf geklettert war. Tr legte den Stein zwischen seine Knie und als die ersten Tropfen vom Himmel fielen, knisterte ein kleines Feuer darauf. eVre lag mit ihrem Kopf auf dem Bündel, mit dem Rücken an Tr gelehnt. Der Stoff des Zeltes war in der Mitte über seinem Kopf zu einer Spitze gespannt, zeigte links und rechts neben ihm herunter. In seinem Rücken war es ebenfalls nach unten gegen die Windrichtung gespannt. Tr band sich seine Sohlenschützer an die Füße und zog den Tecido enger.

Die Sonne war dabei unterzugehen, als Tr die Eicheln geöffnet hatte. Er schnitt sie in kleinste Stücke, sammelte das Mehl in einem seiner Beutel. Das Wolfsfell hatte er eingerollt und zugebunden, damit es nicht vorzeitig austrocknete. Nun band Tr die Fußteile, Schwanz und Hals zusammen, sodass ein Beutel entstand. Den Beutel hängte Tr vor sich an den Ast und ließ ihn mit Regenwasser volllaufen, während er das Eichelmehl hineinstreute. Nun konnte die Gerbsäure über Nacht ihre Wirkung tun. Als der Eiszapfen am Himmel erschien, schloss Tr den Beutel, damit er nicht überlief. Der starke Regen fand die eine und andere Stelle im Zeltstoff und tropfte durch. Der Stoff bog sich auch schon durch das Gewicht des Wassers durch, obwohl er mit Fett eingerieben war. Die Füße begannen weh zu tun und Tr zog sie an sich, versuchte sich hinzulegen. Zwischen den angezogenen Knien und dem Bauch brannte am Stein das kleine Feuer, an seinem Rücken spürte Tr, wie eVre gleichmäßig atmete. Tr döste dahin. Aufgeschreckt durch Donnergrollen legte er immer wieder Holz ins Feuer. Gegen Morgen ließ der Regen nach und als die Sonne aufging, vertrieb sie die dichten Wolken. Einige Fetzen blieben hartnäckig und waberten gegen Osten. Der Wald begann zu dampfen, Nebel bildete sich zwischen den Bäumen. eVre hob den Kopf, blickte in den Wald, spielte mit den Ohren und meckerte immer wieder leise. Zwischendurch legte sie den Kopf wieder auf das Bündel. Interessiert schaute Tr in jene Richtung. Was mochte hier kommen? Er war immer wieder fasziniert von den Sinnen seiner Ziege.

Tr hatte schon zweimal Holz nachgelegt, als er ein Knacken vernahm. Schwere Füße brachen das trockene Holz. Eine Herde wanderte durch den Wald. Gelegentlich schnaufte ein Tier und ein tiefes, gurgelndes Grunzen war manchmal zu

hören. Im Schatten der Bäume streifte eine Rinderherde vorbei. Die Tiere hatten sein Feuer wahrgenommen und hielten Abstand. Argwöhnisch blieben einige Tiere stehen und schauten in seine Richtung, gingen dann wieder weiter.
"Folge den Rinderherden."
Tr wollte sich nicht an die Worte Drobars erinnern, aber sie kamen von alleine. Er beobachtete die Herde und fand, dass sie in eine annehmbare Richtung ging. Er könnte den Tieren eine Weile folgen, auf ihrer Spur bleiben. Den Stein warf er vom Baum, das Zelt legte er zusammen und das Wolfsfell rollte er ein, nachdem er die Gerbflüssigkeit ausgeschüttet hatte. Die Rinder ließen sich durch seine Arbeiten nicht beeindrucken und stapften indes ihrer Wege. Tr würde sie leicht einholen können.

Die Spuren waren unverkennbar und ihre Geschwindigkeit gemütlich.

Die Herde wanderte über Hügel, Bächen entlang, überquerte einige von ihnen und machte am Rande eines Jungwaldes Rast. Tr erkannte Brandspuren an Baumgerippen und an verkohlten, umgestürzten Baumriesen. Der Brand musste hier vor etwa zwei Jahren gewütet haben. Die Rinder kauten wieder und Tr aß von dem geräucherten Fleisch. eVre näherte sich der Herde und lief bald zwischen den dösenden Kühen hin und her. Die Rinder akzeptierten sie weitgehend, obwohl einige die Ziege mit den Hörnern abwiesen. Tr lehnte am Stamm einer Tanne und beobachtete die Herde. Der Leitstier hatte sich so hingelegt, dass er Tr im Auge behielt. Tr hatte den Baum so gewählt, dass der Geruch der Rinder zu ihm herüberwehte und sich zuerst mit seinem Geruch vermischte, bevor Fleischfresser den Geruch in die Nase bekamen und zu sehr auf ihn aufmerksam wurden.

Die Kühe bildeten einen Kreis, in dessen Mitte die Kälber lagen. Der Leitbulle und eVre spähten im selben Augenblick in dieselbe Richtung. Tr hatte es sofort bemerkt.

Diesmal döste er nicht und wollte die Zeichen richtig deuten. Der Leitbulle stand auf. Er schnaufte hörbar. eVre meckerte und sie riss ihre Augen auf. Einige Kühe erhoben sich ebenfalls und sahen sich um. Bald stand die ganze Herde und blickte in jene Richtung, aus der eVre und der Bulle etwas Verdächtiges wahrgenommen hatten. Tr sah einen rötlichen Schatten am Waldrand zwischen den Bäumen auf und nieder wippen.

Ein ausgewachsener Luchs streifte durch sein Jagdrevier. Den Rindern konnte er nichts anhaben, es sei denn ein Jungtier wäre verlassen oder krank. Doch selbst, wenn ein Junges krank oder schwach war, musste der Luchs noch an den erwachsenen Rindern vorbei. Der Bulle schwenkte den Kopf mit. Die Kühe hatten einen lockeren Kreis gebildet, drehten den Kopf immer dem Luchs zu. eVre war zuvor noch auf dem Rücken einer Kuh gestanden. Doch nun stand sie zusammen mit den Kälbern in der Mitte. Der Luchs schien zu wissen, dass möglicherweise eine leichte Beute in der Herde weilte. Die Herde wiederum glaubte an einen Angriff auf eines seiner Mitglieder. Während der Luchs um die Herde streifte, hielt er doch immer argwöhnisch Abstand

zu Tr. Menschen kannte er wohl nicht, aber Tr passte weder ins Beuteschema, noch stellte er eine offensichtliche Gefahr für den Luchs dar. Tr sah mit wachsender Sorge, dass der Luchs seine Kreise enger zog. Doch was sollte Tr tun? Wie ein Bär brummen und den Luchs attackieren? Die Herde hätte mit Flucht reagiert und eVre wohl alleine gelassen. Mit einem Stock fuchteln und auf den Luchs losgehen? Der Leitstier mochte seine Herde verteidigen und in Tr einen vermeintlichen Feind sehen. Nichts tun und abwarten? Das war die schwierigste von allen Optionen, aber die nachhaltigste. Tr zog sich von der Lichtung zurück, hatte zur Sicherheit einen dicken Ast in der Hand, befreite seine Hisa von dem schweren Bündel und zog die Bänder seiner Sohlenschützer nach. Die Herde war enger zusammen gerückt, der Bulle folgte den Bewegungen des Luchses und blickte ihn mit seinen schwarzen Augen aus gesenktem Kopf an. Die Hörner waren bereit. Beim Aufprall an den Luchs würde er den Kopf heben und die große Katze durch die Luft schleudern. Der Bulle atmete mit einem lauten Schnaufen aus. Der Luchs rannte aus der Deckung des Waldes und versuchte zwischen den Kühen hindurch zu kommen. Sie standen aber so dicht aneinander, dass der Luchs zurückweichen musste. Er rannte ein kleines Stück um die Herde herum, versuchte wieder ins Innere des Kreises zu gelangen. Diesmal jedoch erwischte ihn eine Kuh, drückte ihn mit dem Kopf gegen den Boden, sodass er fauchend von seinem Versuch abließ.

Ein paar Male stürmte der Luchs darauf los, bis er endlich kehrt machte und fauchend im Zwielicht des Waldes verschwand. Tr beschloss, noch längere Zeit hinter der Herde herzugehen. Die Rinder waren anscheinend die Wächter in diesem Teil des Waldes und daraus wollte Tr seinen Nutzen ziehen. Der Bursche bemerkte, dass die Herde in einem großen Bogen von Westen nach Nordwesten schwenkte, was für ihn ein Glücksfall war. Sanfte Hügel wechselten sich mit tief eingeschnittenen Tälern ab, die die Rinder mieden und an den Höhen entlanggingen. Tr entdeckte eine Menge anderer Tiere. Durch den Geruch der Rinder beruhigt, blieben Fasane, Hasen und Rehe viel näher stehen, als wenn er alleine mit eVre durch den Wald gegangen wäre. Auch die Wildschweine kreuzten die Wege der Rinder, ohne sich abschrecken zu lassen. Einzig, wenn der Bulle mit seinem massigen Kopf ein Schwein aufforderte, den Platz zu räumen, musste dieses laut grunzend und auch quiekend von dannen ziehen. Der Abend machte sich bereit, das letzte Licht zu verschlucken, als die Herde endlich eine Lichtung fand und sich die Tiere hinlegten. Während sie wiederkäuten, versuchte Tr ein Feuer zu machen. Er achtete auf die Windrichtung, um die Tiere nicht mit dem Rauch zu verschrecken, legte zuerst vorsichtig dann immer großzügiger nach. Die Rinder schienen an seine Anwesenheit gewöhnt zu sein und eVre kauerte mitten unter ihnen. Der Eiszapfen und das Insekt kamen und gingen und Tr erwachte fröstelnd aber ausgeschlafen vor einem erloschenen Lagerfeuer. Im nebeligen Schleier des Morgengrauens erhoben sich die Rinder und setzten ihren Weg fort. Doch aus der anfänglichen nordwestlichen Richtung wurde mehr und mehr eine östliche Richtung und gegen Mittag entschied Tr die Herde zu verlassen und nach Norden weiterzuziehen. Einige gut sichtbare Trampelpfade, Wildwechsel und schließlich ein breiterer Fluss waren ihm willkommene Wegweiser. Nach all den Tagen hätte er gerne wieder andere Menschen gesehen, mit ihnen gesprochen, seine Abenteuer erzählt. Doch die kommende Nacht würde er noch nicht im Dorf der Tox verbringen.

Gegen Abend erreichte er eine Hügelkette mit einigen steilen Felswänden. Breite Spalten begannen die Felsen zu teilen. Einige Vorsprünge versprachen Rast und Lager für eVre und ihn. Nur hingelangen musste man. Tr wählte einen Vorsprung mit einem Busch aus, hinter dem er gut liegen mochte. Von der einen Seite des Felsens konnte eVre über einen schmalen Grat hingelangen, auf der anderen Seite endete ein Spalt, in dem Tr bis zum Busch hinaufklettern konnte. Über dem Busch ragte glatter Fels in die Höhe. Tr sammelte Feuerholz, band es zusammen und nahm das Ende der Schnur in die Hand. Er kletterte im Spalt nach oben. Hier heroben konnte ihn kein Bär oder Wolf erreichen. Er und eVre würden hier sicher sein. Tr setzte sich aufs Holz und blickte auf die Schatten der Bäume und Felsen. Hinter ihm ging die Sonne unter, er konnte sie wegen der Hügel nicht sehen. Am Morgen würde sie ihn aber aufwecken. Rechts von ihm in nördlicher Richtung,eine Tagesreise entfernt,glaubte er Rauch aufsteigen zu sehen. Vielleicht war dort das Dorf der Tox. Der Felsen in seinem Rücken fühlte sich noch warm an, trotzdem entzündete Tr ein Feuer um sich während der Nacht zu wärmen. Nun hatte er Zeit das Wolfsfell zu kneten und zu schlagen, damit es weich blieb.

In der einsetzenden Dämmerung begannen Fledermäuse auf Jagd zu gehen. Einige Mäuse und Igel raschelten unten am Fuß des Felsens im Gras und im alten Laub. Das Licht des Feuers warf Schatten auf die Baumwipfel jener Bäume, die vor dem Felsen wuchsen. eVre kaute genüsslich wieder. Sie spielte mit den Ohren, meckerte dann und wann ruhig. Ein Uhu rief in der Ferne wohl auf einem der anderen Hügel oder Felsen, die sogar in der Dunkelheit zu erahnen waren. Einige Käuzchen ließen ihr hohes Pfeifen hören und sehr weit entfernt konnte man Wölfe hören, die ihr Rudel zusammen riefen. eVre legte den Kopf auf den Beutel, den Tr zur Seite gelegt hatte. Sie schnaufte noch einmal leise und begann zu dösen. Sogar im Schlaf jedoch waren ihre Sinne voll aktiv. Die Nase bewegte sich, die Ohren zuckten und die Lippen kräuselten sich.

Auf einmal schreckte sie auf. Tr erschrak direkt.

eVre starrte in die Dunkelheit vor ihnen am Waldboden. Tr konnte nichts erkennen, kein Schatten huschte vorbei, kein verräterisches Brechen von trockenen Zweigen oder Ästen, kein Stampfen und kein Laut entrangen sich irgendeiner Kehle. Und doch musste da unten jemand sein, der eVre beunruhigte. Es verging eine geraume Zeit, und Tr glaubte schon an eine Überreaktion seiner Ziege, als am Rande des Waldes ein leises Knacken zu hören war. eVre trippelte unruhig hin und her, hielt den Kopf schief, duckte sich und richtete sich wieder auf. Plötzlich huschte ein Schatten zwischen den Bäumen dahin. Ein größeres Tier erkundete die Gegend, hatte ihn und seine Ziege schon gerochen, denn es betrat die kleine freie Fläche vor der Felswand nicht, sondern blieb lieber in sicherer Deckung. Tr beobachtete eVre. Angst hatte sie keine, mehr das Gefühl des Unwohlseins.

War da ein Wildschwein in der Nacht unterwegs, ein Bär? Der Schatten hatte sich nur kurz blicken lassen, war wieder verschwunden. eVre wurde ruhiger und schlief ein.

Tr horchte noch eine Weile in die Dunkelheit, hörte aber nichts Verdächtiges. Der Eiszapfen schwebte über dem Felsen, als Tr die Augen zufielen.

eVre meckerte aufgeregt. Tr blinzelte mit den Augen. Kurz vor Sonnenaufgang war es schon sehr hell und Tr rieb sich die Augen. Er streckte sich. Der Schlaf war tief, angenehm und erholsam gewesen. Das Feuer war zwar ausgegangen, aber sein Tecido und das Zelttuch hielten ihn warm.

Tr richtete sich auf. Er blickte in die Richtung, in die auch eVre blickte. Und erschrak. Da lehnte an einem der Bäume ein Bursche, hatte die Arme verschränkt. Er war in Trs Alter und schaute herauf.

"Guten Morgen."

Die Stimme des Burschen war tief, kratzte, und klang wie das Röhren eines Hirsches. Tr stand auf. Das Zelttuch rutschte ihm von den Schultern.

"Ein On!"

Der Bursche löste sich vom Baum, kam näher an den Felsen. Er war größer als Tr, hager, hatte schwarzes, längeres Haar. Sein Umhang war in Höhe der Knie zerrissen, an den Armen länger geschnitten, sodass er bis zu den Handgelenken reichte. Bänder hielten den Umhang an den betreffenden Stellen fest, hingen lässig herab und baumelten bei jedem Schritt.

Seine Hisa lehnte am Baum hinter ihm, war kein gerader Stock sondern hatte leichte Wellen. Ein kleiner Beutel hing am oberen Ende.

"Tr´4on. Du bist ein Tox."

Tr sprach das Offensichtliche aus.

"Pan´27tox, der letzte."

Interessant. Nicht nur, dass er seinen Namen nannte.

Er wies auch gleich darauf hin, dass er der letzte Bub war, der geboren worden war, damals, nach der letzten großen

Begegnung. Ein solches Kind genoss besondere Aufmerksamkeit.

Tr war nicht der letzte, eher einer der erstere Buben, das siebente Kind nach drei Mädchen und drei männlichen Nachkommen.

Sel'24on war der letzte Bub gewesen. War. Schon als er auf die Welt kam, soll die Erde gebebt haben. Dann waren er und sein Vater einem Feuer im Wald entkommen und als Sel beim Hochwasser im sechsten Jahr auf einem Stein im reißenden Fluss saß, konnten ihn die Männer des Dorfes gerade noch retten, bevor mehrere Treibhölzer jenen Stein verschoben und unter Wasser drückten.

Das Schicksal schwebte oft als dunkle, gefährliche Wolke über Sel. Doch eines Tages brach diese Wolke und schüttete wohl ihr Unheil über dem Buben aus. Im achten Jahr war es gewesen. Die Grundlinge des Dorfes waren gemeinsam unterwegs gewesen. Sie hatten mit Meisterin Sindra den Okatee bestiegen. Von diesem mächtigen Hügel aus hatte man eine atemberaubende Aussicht auf die Welt rund um das Dorf. Die Wälder im Westen, das Gebirge im Osten bildeten einen …Raum, in dessen Mitte die On lebten. Sel musste in der Dunkelheit die Orientierung verloren haben. Der wolkenlose Himmel hatte dazu eingeladen, die Sterne zu beobachten. So war die Gruppe über Nacht geblieben. Bis lange nach Mitternacht hatte ihnen Sindra die Sternbilder erklärt, ihre Wanderung beschrieben, ihnen die ruhenden Augen gezeigt. Am Morgen, nach einer stillen Nacht unter ihren Fellen, hatte Sindra Feuer gemacht und die Grundlinge geweckt. Sel hatte unter seinem Fell gefehlt. Bis zum Nachmittag suchten ihn die anderen Kinder. Männer und Frauen vom Dorf kamen in den nächsten Tagen herauf und halfen bei der Suche, doch gefunden wurde Sel nie wieder.

Tr packte seine Sachen zusammen und begann seinen Abstieg durch den Spalt im Felsen. Plötzlich hielt er inne. Drehte den Kopf zu Pan.

Welchen Begleiter hatte er?

Pan hatte sicher schon eVre bemerkt und nichts gesagt. eVre stand noch immer oben am Vorsprung und meckerte nervös.Pan hatte den Blick nach oben bemerkt. Die Ziege blieb oben, also musste sie suPul schon bemerkt haben. Pan hatte ihn aus Rücksicht weit drinnen im Wald abgelegt. Am vorhergehenden Abend war suPul noch umhergestreift und war zum Nachtlager zurückgekehrt. Er hatte sich so neben Pan gestellt, dass seine Schnauze in Richtung dieses Felsen gezeigt hatte. So hatte Pan beschlossen, am Morgen diese Richtung zu erkunden. Schon von weitem hatte er eine Ziege meckern hören, suPul zurückgerufen. Nun lag der Wolf weit hinter ihm im Wald verborgen.

"Sie kann ruhig herunterkommen."

Pan machte eine entsprechende Handbewegung. Tr würde nicht erfreut sein, dessen war sich Pan sicher. Doch Pan hatte auch das Wolfsfell bemerkt, das Tr vorhin eingepackt hatte. Der Geruch würde andererseits suPul irritieren. Wo hatte der Kerl das Wolfsfell her?

Als Begleiter eine Ziege zu führen war ungewöhnlich. Doch in dem Burschen steckte wohl mehr, als man meinen könnte. Tr hatte den Boden erreicht. eVre stand noch immer oben und wartete meckernd.

Pan pfiff. Erst war nichts zu hören, dann ein leises Rascheln. Tr erkannte den Schatten vom vorhergehenden Abend wieder. Dann wölbten sich seine Augenbrauen.

Ein Wolf!

Die Tox hatten wohl eine Vorliebe für fleischfressende Begleiter. Der Wolf hatte hauptsächlich dunkelgraues Fell, einige helle Haare an den Gelenken und braune Streifen an Hals und Kopf. Eine der Pfoten war weiß.

„suPul ist friedlich, zumindest zu Haustieren."

Die Beleidigung schmerzte.

„eVre ist mein Begleiter."

Pan blieb dennoch skeptisch. Er hielt nichts von Grasfressern und sah in einem Raubtier einen stärkeren Kämpfer. Nach Ansicht Trs war das aber nicht immer Ausschlag gebend, wenn es darum ging, eine gute Verteidigung zu organisieren. Bären, Wölfe, Luchse würden in einem Kampf gegenseitig ihre Kräfte messen und gegebenenfalls aufgeben und als Geschlagene das Feld räumen. Doch einem Kampf wirkungsvoll aus dem Weg zu gehen, erforderte tiefere

Überlegungen. Sowohl die Nasen der Ziegen als auch der Raubtiere waren ähnlich ausgebildet. suPul richtete sie einem möglichen Opfer entgegen, während eVre sie einsetzte, um einer Konfrontation aus dem Weg zu gehen.

Vögel hörten und sahen scharf, während bei den größeren Tieren, die ihre Jungen nicht in harten Schalen zur Welt brachten, oft ein erstaunlicher Geruchssinn ausgebildet war. Aber auch Schmetterlinge oder Käfer konnten erstaunlich gut und weit riechen. Tr hatte einmal Wespen verfolgt, die sich Stücke aus einem Fleisch geschnitten hatten und zu ihrem Nest geflogen waren. Auf der Suche nach diesem Nest war Tr sieben Finger Schritte weit durch den Wald gestolpert und hatte es in einem hohlen Baum gefunden. Das Nest war aus Papier gebaut gewesen, das die Wespen mit ihren Kiefern aus dem toten Holz herstellten.

Mit dem gestohlenen Fleisch fütterten sie ihre Brut. Was für einen Wolf keine Schwierigkeit gewesen wäre, auf diese Entfernung etwas Essbares zu riechen,war auch für die Wespen nicht schwierig gewesen.

Pan gab Tr zu verstehen, dass das Dorf der Tox etwa eine Tagesreise entfernt lag, sie also aufbrechen müssten.

Der Wolf lief voran und Pan gleich hinter ihm. Tr versuchte Schritt zu halten und eVre blieb ganz weit zurück. Sie schien nichts davon zu halten, der Spur eines Wolfes folgen zu müssen. Gegen Mittag machten sie kurz Rast. Gesprochen wurde fast nichts. Pan führte sie später in Richtung Nordwest, weil eine Klamm den Weg versperrte und er eine geeignetere Stelle zum Übersetzen über den Fluss wusste. Am gegenüberliegenden Ufer würden sie dann direkt zum Dorf gelangen. Tr blickte über die Schulter und sah, dass eVre stehen geblieben war. Sie starrte seitlich in das Dickicht hinein. Ihre Ohren standen senkrecht und zitterten ein wenig. Sie meckerte leise und ging ein paar Schritte vorwärts, blieb dann wieder stehen. Pan kam zurück. suPul drehte sich um und wartete. Er hob seine Nase.

"Was ist?"

Pan war genervt. Eine Ziege hielt ihn auf. Tr kannte seine Ziege gut und wusste, dass sie etwas in die Nase bekommen hatte, was nicht gefährlich, aber, nun ja, interessant sein könnte. Jedenfalls war sie nicht zu bewegen weiter zu gehen. Tr trat zum Dickicht und eVre folgte ihm. Tr schlug sich ein Stück durchs Gestrüpp, blieb dann stehen. eVre war ihm nachgekommen und überholte ihn. Zaghaft schritt sie weiter, wurde immer schneller. Manchmal schaute sie zurück, ob ihr jemand folgte, dann lief sie weiter. Tr lief ihr nach und Pan folgte in großem Abstand. suPul schloss von der Seite her auf, wurde aber von Pan immer wieder zurückgepfiffen. Das Gestrüpp ging in dichtes Unterholz über und öffnete sich in einen Wald mit älterem Baumbestand.

"Wir sind ein bisschen weit weg von dort, wo wir sein sollten."

Schon wieder Pan. Plötzlich knurrte suFul. Pan konnte ihn kaum mehr zurückrufen. eVre war erschrocken stehen geblieben und wartete auf Tr. suPul rannte an ihnen vorbei und knurrte nun gefährlich. Pan bekam große Augen, schaute erschrocken in die Richtung, in der suFul gerade zwischen den Bäumen verschwand.Der Bursche rannte hinter seinem Wolf her, hatte seine Hisa mit einer Faust umklammert.
Als Tr mit eVre aufschloss, stand Pan vor einem hohen Baum. suPul knurrte den Stamm an. Beide schauten nach oben. Tr erstarrte. In halber Höhe gabelte sich die Buche in einem sehr spitzen Winkel und dort hing mit den Füßen nach oben eine menschliche Gestalt.

Der Umhang war vom Körper über den Kopf gerutscht. Die Hände hingen blau angelaufen schlaff herunter. Ein Bein war in der Astgabelung gefangen, angeschwollen, aber bleich. Das andere Bein baumelte kraftlos vom Gesäß abwärts. Es war unschwer zu erkennen, dass es sich um eine Frau handelte, die hier hing. Pan war bleich im Gesicht.

"Matee, die Einsiedlerin."

Stockend kamen die Worte über seine Lippen.

Einsiedlerin. Tr wusste aus seinem Dorf von gleich zwei Einsiedlern, Männern, die kaum jemand kannte, von denen aber alle wussten. Selten begegneten ihnen Dorfbewohner auf ihren Streifzügen in die Umgebung. Sie lebten zurückgezogen in unterschiedlichen Teilen des Waldes. Man nannte sie nicht einmal mehr bei ihren Namen, sondern sagte der Dunkle und der Schwarze zu ihnen, weil sie so schmutzig sein sollten. Der Dunkle hatte drei Begegnungen erlebt und der Schwarze vier. Sie würden von der Rinde der Bäume essen und in selbstgegrabenen Erdlöchern hausen, erzählte man. Tr fand das übertrieben, hatte aber nie einen der beiden zu Gesicht bekommen.

Die Buche hatte einige kleine Seitentriebe, über die Matee wohl hinaufgestiegen war. Ob sie noch lebte? Tr schwang sich in die Höhe. Pan konnte sie von unten nicht stützen, weil sie zu weit oben hing. So kletterte er Tr nach. Knapp oberhalb der Astgabelung versuchte Tr mit seiner Hisa das Gewand der Einsiedlerin zu sich herzuziehen. Mit vereinten Kräften zogen Pan und Tr an dem Stoff und konnten den Körper ein wenig anheben. Der eingeklemmte, kalte Fuß löste sich aus der Astgabel. Während Tr die Frau an den Beinen festhielt, kletterte Pan um den Baum herum und nahm sie um die Taille. Tr ließ langsam los und Pan drehte Matee. Gemeinsam brachten die Burschen die Frau auf den sicheren Boden zurück. Sie atmete flach, kaum wahrnehmbar. Ohnmächtig lag sie am Waldboden im Laub. Das vorher eingeklemmte Bein bekam etwas Farbe zurück. Der Kopf war hochrot gewesen und gewann seine rosa Tönung wieder. Erschöpft saßen Pan und Tr daneben. In einiger Entfernung meckerte eVre leise und fraß wohl aus Verlegenheit ein paar Blätter.

suPul winselte leise und leckte den Fuß der Frau. Tr schätzte ihr Alter auf 50 Jahre. Sie würde ihre dritte Begegnung erleben. Aus einem der Beutel am Körper tropfte gelbliche Flüssigkeit. Matee hatte Eier gesammelt und war wahrscheinlich abgerutscht und deshalb in der Astgabelung hängen geblieben.

Aus eigener Kraft hatte sie sich nicht mehr befreien können.

Pan blickte lange zu eVre hinüber.

"Ich bin vorbei gelaufen."

Tr verstand es als Anerkennung der Ziege gegenüber und als Entschuldigung. Wichtig war, dass sie Matee rechtzeitig gefunden hatten.

Sie stöhnte. Ihre Augenlider zitterten und die Hände zuckten fahrig. Der Kopf fuhr krampfartig in die Höhe. Sie riss die Augen auf. Ein Schrei wollte sich ihrem Hals entwinden doch erstarb in einem Gurgeln. Der Kopf fiel zurück und die Augen schlossen sich. Der Atem ging schneller und die Bewegungen wurden kontrollierter. Schließlich öffnete Matee wieder ihre Augen und sah die Burschen nacheinander an. Die Frau griff nach deren Händen und hielt sie fest. Dann ließ sie los und deutete ihnen, dass sie sich aufrichten wollte. Ächzend saß sie da, winkelte ihre Beine etwas an, bedeckte ihre Blöße. Blut unterlaufende Augen sahen einen Wolf und eine Ziege gemeinsam auf einem Fleckchen in diesem Wald. Ein On und ein Tox saßen gemeinsam mit ihr hier im Wald. Sie schüttelte den Kopf. Ein Lächeln wollte sich auf ihre Lippen zaubern, aber der Knöchel und das Bein schmerzten noch zu sehr.

"Meine Höhle ist da drüben."

Matee sprach schwer verständlich, zeigte in die Richtung, aus der Tr mit Pan gerade gekommen waren. Matee versuchte aufzustehen, doch es gelang ihr auch beim wiederholten Versuch nicht. Pan fand zwei Äste, aus denen er eine Schleife bauen konnte. Einige Zweige bildeten eine kleine Fläche, auf die die Burschen Matee legten. Dann zogen sie die Frau in jene Richtung, die sie ihnen zeigte. Der Wolf trabte gelassen

auf der linken Seite der Gruppe mit und eVre auf der anderen. Die Sonne schickte sich an, sich dem Horizont zuzuneigen, als die Gruppe an einigen Felsen vorbeikam, die wie übereinander hergefallen auszuschauen schienen. Die Spalten waren groß genug, um einen Menschen hindurch zu lassen, klein genug, um größere Raubtiere abzuhalten. Doch Matee winkte ab. Nicht hier. Die Burschen schleiften sie noch einen Hang hinauf und auf der anderen Seite hinunter. Matee hieß sie stehenzubleiben. Ein ausgetretener Weg führte zu einem Felsen und endete an einem Spalt. Eine kurze Leiter lag am Stein angelehnt. Tr sollte sie in den Spalt stellen und hinauf klettern. Oben staunte er nicht schlecht. Der Spalt weitete sich am Ende der Leiter zu einer Höhlung nach innen. Ein dickes Lager aus Ästen, Zweigen, Blättern und Moos nahm den Großteil des Bodens ein. Ein geschwärzter Fleck wies auf eine Feuerstelle hin. Eine Schweinsblase mit Wasser gefüllt lag daneben. Die Wände waren mit Zeichnungen und Gravuren geschmückt. In der Dunkelheit konnte Tr erkennen, dass der Spalt weiter in die Höhe ragte. In Kopfhöhe erweiterte er sich noch einmal nach beiden Seiten und bildete zwei horizontale, ebene Flächen. Auf der einen Seite lagen jede Menge Feuerholz, daneben Beeren und Wurzeln, Kräuter und geräuchertes Fleisch. Zwei dicke Rollen Tücher aus Brennnesselfasern lagen auf der anderen Seite. Daneben standen Tongefäße, eine Honigwabe lehnte an der Wand und das Barra. Alleine konnte Tr hier stehen und sich umdrehen, zu zweit würde es schon sehr eng werden.
Er trat in den Außenspalt zurück und kletterte die Leiter hinunter.
"Alles gesehen?"
Matee klang unsicher, doch sie war mit Hilfe von Pan mühsam aufgestanden. Tr nickte und versuchte ein Lächeln. Pan sollte nun hinaufsteigen und ihr die gelblichen Kräuter bringen und das Wasser. Inzwischen half Tr ihr zu einem Stein am Fuße des Felsens und Matee setzte sich darauf. Als Pan ihr wenig später die Kräuter reichte, sah sie ihn längere

Zeit mit großen Augen an. Pan wandte sich ab. Die Frau
steckte   sich die Kräuter in den Mund und kaute
hingebungsvoll daran. Sie schluckte sie erst nach geraumer
Zeit und spülte mit Wasser nach. Die leere Blase reichte sie
Pan und bat ihn zum Bach hinunter zu steigen und frisches
Wasser zu holen. Sie blickte eine Weile hinter Pan her. Dann
riss sie sich aus ihren Gedanken und musterte Tr.
"Ein On mit einer Ziege."
Sie hatte ihr das Leben gerettet. eVre hatte vielleicht ein leises
Stöhnen gehört, vielleicht hatte der Umhang im Wind
verräterisch geflattert, vielleicht hatte sie den Angstschweiß
gerochen oder die Ausdünstungen des Körpers, die nach
bestimmten Kräutern gerochen hatten.
Am Abend zuvor war Matee auf den Baum geklettert um Eier

zu nehmen. Beim Abstieg war sie ausgerutscht. Kopfüber war sie dann die ganze Nacht gehangen. Geschrien hatte sie nicht, da ja normalerweise sowieso niemand in der Gegend war. Anfangs hatte sie immer wieder versucht mit ihren Händen nach oben zu greifen. Dann hatte sie gemerkt, dass das Blut zu stark in den Kopf strömte. Ihre Augen hatten wehgetan, die Atmung war unregelmäßig geworden. Sie hatte ständig die Baumkronen gesehen, beobachtet, wie die Nacht begann. Irgendwann war sie eingeschlafen oder ohnmächtig geworden, sie wusste es nicht. Und dann war sie am Boden gelegen und Tr und Pan hatten sich über sie gebeugt.

Pan kam vom Bach zurück, die volle Schweinsblase in der Hand. suPul lief hinter ihm her und trug einen Hasen in seinem Maul. Der kleine Ausflug zum Bach war wohl in doppelter Hinsicht erfolgreich gewesen.

Matee starrte Pan an. Sie sah ihn von vorne an, ließ ihren Blick an ihm herabschweifen, beobachtete, wie er an ihr vorbei ging. Ihre aufgerissenen Augen wurden wieder kleiner, Matee schien sich wieder gefangen zu haben. Der Tag neigte sich dem Ende zu. An eine Weiterreise war für die Burschen nicht mehr zu denken. Matee würde erst später über ihre Leiter in die Höhle klettern. Pan hatte ein Feuer entfacht, den Hasen zubereitet. Nun grillte das Tier an einem Stock am Rande des Feuers.

"Was erzählt man über mich im Dorf?"

Matee richtete ihre Frage an Pan. Der Bursche wusste nicht viel. Aufgeschnappt hatte er einiges, aber er hatte sie ja nie mit eigenen Augen gesehen. Man erzählte, dass Matee eine Hexe sei, dass sie Sachen verschwinden lassen konnte, dass sie unsterblich wäre. Matee lächelte grimmig.

Sie war gerade zur Meisterin im Dorf ernannt worden. Eine echte Tox war sie gewesen. Ja, sie kannte sich mit Kräutern aus, wusste für jedes Wehwehchen ein Mittelchen. Doch sie besaß eine Fähigkeit, die sie in den Augen anderer unheimlich machte. Sie streckte die Hände aus und fuhr über den Körper eines Kranken, ohne ihn zu berühren. Sie spürte die Wärme oder Kälte, die von einer Körperstelle ausging. Punktgenau konnte sie sagen, wem es wo wehtat. Die Sache mit dem Verschwinden war einfach. Ein bisschen Fingerfertigkeit und ein kleiner Stein verschwand vom Lagerfeuer, ein Armband verschwand vom Handgelenk oder der Beutel am Riemen um die Hüfte eines Opfers war plötzlich leer und der Inhalt in ihrer Hand. Ihr erster Lendenfunken hatte es ihr gezeigt, Set. Set war schmächtig gewesen, ein Halm im Wind. Aber er konnte mit seinen Händen Dinge anstellen, die sie nie für möglich gehalten hätte.

Matee hielt inne, sah zu Pan hinüber, musterte ihn. Pan wurde verlegen, sah weg und streichelte suPul, der neben ihm lag und döste. Matee blinzelte. Ihre Gedanken waren weit weg gewesen, in einer anderen Zeit, schien es Tr. Er kannte den Blick von Halana. Seine Mutter hatte ihn in der letzten Zeit, bevor er zu seiner Reise aufgebrochen war, des Öfteren so angesehen. Der Grund blieb ihm allerdings schleierhaft.

Unsterblich zu sein hörte sich gut an, oder auch nicht. Matee bezweifelte, dass Unsterblichkeit für sie in Frage kam.

Ja, sie hatte einen Steinschlag überlebt, hatte sich halt hinter einem größeren Felsen versteckt. Gut, sie war in den Hochwasser führenden Fluss gefallen und weit abgetrieben worden und sie hatte sich an einen mitgerissenen Baumstamm geklammert. Und nein, sie war nicht von der Rinderherde zertrampelt worden. Sie hatte sich nur dem Leitbullen, der ihr vertraut hatte, an den Hals und die Hörner gehängt, als die anderen Grundlinge die Herde grundlos erschreckt hatten und die Tiere ein kurzes Stück durch den Wald gerannt waren. Damals hatte sie nichts darüber verlauten lassen, warum sie lebend aus diesen misslichen Lagen davon gekommen war. Doch bei der letzten großen Begegnung....

Matee stockte. Pan und Tr schauten sie erwartungsvoll an. Matee bekam einen Hustenanfall und musste sich plötzlich schonen. Zwischen den einzelnen Anfällen fragte sie die Burschen nach deren Vergangenheit und lenkte sie so ab. Fast hätte sie Pan einen Hinweis gegeben, einen Hinweis, den sie geschworen hatte, niemals zu verraten. Matee hörte die Geschichte, wie Tr seine Ziege aussuchte, sein Treffen mit Drobar, hörte von seinem Kampf mit den Wölfen am Biberteich und wie Pan ihn gefunden hatte.

Von Pan erfuhr sie etwas über seinen Wolf und seine Eltern.
Seine Eltern.

Matee erkundigte sich nach dem Namen seiner Eltern.
Hev´20ger war sein Vater und Meisterin Wanar seine Mutter.
Wanar.

Matee blickte in die Ferne. Sie sprach kein Wort.

Während der letzten Begegnung hatten die Frauen im Dorf ihre Kinder geboren. Matee hatte einen gesunden Sohn zur Welt gebracht. Und dann war sie vertrieben worden, als Hexe gebrandmarkt, weil sie ein Kind zur Welt gebracht hatte, ohne Mann. Das Kind behielten sie im Dorf. Matee hatte selber nicht gewusst, warum sie ein Kind bekam, hatte sie doch zur fraglichen Zeit nicht einmal einen Lendenfunken gehabt. Wanar hatte kurz vor ihr entbunden, doch das Kind war am zweiten Tag gestorben.

Wenn sie Pan jetzt anschaute.....

"Das ist dein Stück!"

Pan riss sie aus ihren Erinnerungen. Ein saftiges Stück Hase steckte vor ihrer Nase an einem Stock. Sie streifte das Fleisch ab. Pan hielt den Stock Tr hin.

"Die Knochen bitte an suPul."

eVre lag hinter Tr. Er spürte ihr Wiederkäuen als angenehme Wellen über seinen Rücken laufen. Von Zeit zu Zeit rülpste sie, dann duftete die Luft kurz nach einem schärferen Alkohol, wie ihn Ref manchmal in seinen Krügen aufbewahrte.

"Wo ist dein letzter Balken?"

Tr erntete fragende Blicke. Dann verstand Matee.

"Du gehst da nach hinten, etwa 5 Finger Schritte weit. Frische Blätter findest du am Weg dorthin."

Matee presste die Lippen aufeinander. Es schien Tr, dass sie sich ein Lachen verkniff. Den Grund dafür fand er heraus, als er die 81 Schritte gegangen war und nichts fand. Er suchte sich einen Platz und ließ alles rinnen und fallen, was sein Körper nicht mehr brauchte.

Als er zurückkam, fand er Matee und Pan angeregt diskutieren.

Sie verbreiterten sich gerade über Vorlieben beim Essen oder für verschiedene Kräuter, was suPul konnte und wie er sich anderen wilden Wölfen gegenüber verhielt.

Tr schien etwas Vertrautes zwischen ihnen wahrzunehmen, das er auf den gleichen Ursprung als Tox zurückführte. Er freute sich, dass wenigstens einer der Tox die Vorurteile Matee gegenüber als solche erkannte.

Der Eiszapfen war längst untergegangen und das Insekt hatte schon den obersten Punkt des Himmels erreicht, als Tr einschlief. Pan und Matee schienen keine Müdigkeit zu spüren.

Als Tr später aufwachte, gloste das Feuer noch, aber eine schnarchende Matee lehnte am Felsen und Pan lag zusammengekrümmt am Boden nahe der Feuerstelle. Tr legte nach und bald prasselte das Feuer wieder. Matee streckte sich, blinzelte und untersuchte ihr Bein. Sie versuchte aufzustehen und entschied, die Leiter hinaufzusteigen. Tr hörte sie kramen und wenig später erschien sie im Eingang. Sie kam die Leiter herunter und ging auf Tr zu.

"Hör genau zu!"

Ihr Flüstern war kaum hörbar.

"Übergib das Wanar. Sag niemandem etwas davon, niemandem!"

Matee drückte Tr einen runden, flachen Gegenstand in die Hand und schloss seine Finger darüber. Dann dreht sie sich wortlos um und setzte sich wieder auf ihren Stein am Feuer. Sie beobachtete Tr, als er die kleine Scheibe in einem seiner Beutel unter seinem Gewand verstaute. Tr mochte Geheimnisse, aber nicht, wenn er sie nicht erfuhr.

eVre war in Sichtweite unterwegs und fraß sich an Blättern und Gräsern satt. suPul fehlte gänzlich. Er war wohl auf der Pirsch nach Mäusen oder anderem kleinen, unvorsichtigen Getier. Tr fragte Matee, wovon sie denn eigentlich leben würde, was sie normalerweise essen würde. Beeren, Wurzeln, Pilze wuchsen in der Gegend. Eier holte sie dann und wann aus den Nestern. Sie hatte zwar auch Pfeile und einen guten

Bogen, doch selber auf Jagd zu gehen war ihr in den letzten Jahren zu mühsam geworden. Im Herbst und Winter, wenn einige Tiere schwach oder krank waren, erlegte sie noch einiges Wild. Doch im Sommer stellte sie Fallen auf. Netze, die hochschnellten, waren ihr am liebsten. War ein Tier geschickt genug, konnte es wieder fliehen, die anderen verstrickten sich und sie musste sie nur einsammeln. Mit vier Netzen hatte sie ihr Auslangen. Sie überprüfte sie täglich. So alle paar Tage hatte sie einen Fang zu verzeichnen. Die Malereien in ihrer Höhle waren als Dank und Erinnerung an die erfolgreichen Fänge zu verstehen.

Pan raschelte mit seinen Füßen im Laub. Er richtete sich gähnend auf, schaute um sich,spitzte die Lippen. Ein markerschütternder Pfiff schnitt durch den Wald, dann rappelte sich Pan hoch und streckte die Beine. Er schenkte Tr und Matee ein verlegenes Lächeln, zuckte mit der Schulter. Pan begann das Bündel an seine Hisa zu binden, Tr tat es ihm gleich. Es raschelte im Wald und suPul kam angetrabt. Er schleckte sich das Maul und schien satt zu sein. Matee stand auf. In ihrem Gesicht zuckte es. Sie war den Tränen nahe.

"Möge euch Nata auf euren Wegen begleiten!"

Sie drückte Pan fest an sich, dankte auch Tr noch einmal und streichelte suPul und besonders lange eVre. Dann drehte sie sich um und kletterte ihre Leiter hinauf. Ohne sich umzudrehen verschwand sie in der Höhle.

Nata.

Tr hatte den Namen von Meister Hun erfahren.

Die Tox verehrten jene große Frau seit vielen hundert Jahren. Sie war eine Meisterin gewesen, die am Ende ihres Lebens in ein Wildschwein verwandelt worden war und seitdem im Wald nach dem Rechten sah.

Pan schlug den Weg ein, der sie in nordwestlicher Richtung zu einem Fluss bringen sollte. Noch lange vor Mittag hörten sie das Wasser rauschen. An einer kleinen Geländestufe stürzte es mannshoch hinunter, schäumte und floss dann ruhig weiter.

Etwas flussabwärts gab es eine breite Stelle, an der der Fluss seicht war. Pan und suPul wateten sofort ans andere Ufer hinüber. Tr wollte seine Ziege auf die Schultern nehmen, doch sie lief ihm davon und hoppelte ebenfalls leichtfüßig durchs seichte Wasser.

"Wird selbstständig, die Kleine!"

Pan grinste. Tr verstand die Worte als gut gemeinten Scherz und lächelte schief. Auf dieser linken Seite des Flusses mussten die Burschen seinem Verlauf abwärts nach Norden folgen. Immer mehr Pfade konnte Tr entdecken, Wege, die oft begangen wurden. Eine Ziegenherde kam ihnen entgegen. Ein älterer Mann hütete sie und trieb sie von einem Waldstück zum anderen. Er grüßte Pan schon von weitem und als sie näher kamen, hoben sich seine Augenbrauen und er tippte sich mit zwei Fingern an die Brust. Tr entgegnete den Gruß. Mehr wurde nicht gesprochen. Die Burschen kreuzten den Weg einer Rinderherde, die ruhig weiterging. Schließlich roch Tr den Rauch des Dorfes.

"Sie schmelzen gerade Eisen."

Pan hob und senkte seine Stimme und machte durch die Betonung deutlich, dass er sehr stolz darauf war.

Die Gegend wurde nun von Gemurmel aller Art erfüllt, von ein paar Zurufen und dem Geschnatter von Gänsen. Und dann traten die Burschen aus dem Schatten der Bäume. Tr hatte Häuser zu sehen erwartet. Stattdessen saßen längliche Dächer direkt auf der Erde. Sie waren mit einer Mischung aus Stroh, Zweigen, dickeren Ästen und sandigem Lehm gedeckt. Wie die Räume dahinter oder besser gesagt, darunter aussahen, konnte er sich noch nicht vorstellen. Drobar hatte von Häusern unter der Erde erzählt und Tr war gespannt, was er sehen würde. Die meisten Tox gingen an diesem Nachmittag einer Arbeit nach, in der sie wohl nicht gestört werden wollten. So kam es, dass nur wenige von Tr überhaupt Notiz nahmen. Ein älterer Mann, der seine vierte große Begegnung erleben würde, also schon in der vierten Tramhach war, kam auf sie zu. Er umarmte Pan und wandte sich Tr zu.

"Meine Tochter wollte zu den On."

Zo´25hem war der Vater von Drobar. Tr erzählte ihm von der kurzen Begegnung. Drobar müsste das Dorf der On noch am selben Tag erreicht haben. Zo schien beruhigt zu sein, dass seine Tochter den ersten Teil ihrer Reise gut hinter sich gebracht hatte. Wie denn ein Bär aufgenommen werden würde, wollte er noch wissen, welche Stellung Bären bei den On hätten. Tr überlegte kurz und meinte, dass die On für Neues offen wären. Zo wollte noch etwas sagen, aber Pan unterbrach ihn und zog Tr weiter in die Mitte des Dorfes. Ähnlich wie in seinem Dorf sah Tr einige Bäume stehen, unter denen Bänke und Tische Gruppen bildeten, die den Grundlingen und Baldlingen für Untersuchungen,Forschung und zum Lernen zur Verfügung stand. suPul folgte den Burschen nicht mehr, sondern legte sich unter einen Baum in den Schatten.Eine Gruppe Dorfbewohner stand abseits um ein großes Feuer.Sie legten ständig Holz nach, schürten mit langen Stangen und drehten damit Steine, die im Feuer lagen, um.

"Das geht jetzt noch bis zum Abend so."

Pan führte ihn über die Mitte des Platzes hinweg und näherte sich einem Dach. Um darunter zu gelangen, musste Tr über einen niedrigen Erdwall steigen, der wohl das Regenwasser abhalten sollte. Direkt danach führte eine schmale Treppe über sieben Stufen hinab, die in den Untergrund gehauen waren. Links und rechts sah Tr verschiedenes Gerät liegen. Am Ende der Stufen befand sich eine Öffnung als Tür.

Die Wand war aus Baumstämmen gebaut. Da, wo das Holz in der Erde verschwand, sah Tr Lehm, der das Holz vor der Feuchtigkeit von außen schützen sollte. Tr folgte Pan in den Raum hinter der Tür und war erstaunt, wie hell es hier herinnen war. Das Dach setzte zwar auf dem Boden auf, dazwischen waren aber Schlitze freigelassen, durch die das Licht hereinfiel. In dem Raum roch es nach Rauch, der von einer Feuerstelle kam, die in Kniehöhe auf einem breiten Stein lag und in der Glut Wärme spendete. Zwei Schlaflager befanden sich ebenfalls nicht am Boden, sondern leicht erhöht auf mehreren dünnen Baumstämmen. Sie standen auch nicht direkt an den Wänden, sondern ließen noch Platz zu ihnen, um etwas aufhängen zu können. Außerdem war zwischen den Schlaflagern und den Wänden Brennholz aufgeschichtet.

Pan legte sein Bündel ab und deutete Tr ihm wieder nach draußen zu folgen. eVre erwartete sie mit einem fröhlichen Meckern. Sie hatte nicht in die Dunkelheit folgen wollen.

Wanar drehte sich um und verließ die Stelle am Fluss. Die Tücher wurden alle fünf Tage gewaschen, sie war fertig. Als Meisterin für Körper, Tiere und Gewand war es ihre Pflicht, mit gutem Beispiel voranzugehen. Viele Frauen und Mädchen drückten sich vor der Verantwortung. Doch die Gesundheit aller Menschen des Dorfes stand auf dem Spiel. Ungeziefer übertrugen Krankheiten und diese breiteten sich schnell aus, wenn man nicht aufpasste. Sie hatte eine tüchtige Helferin dabei, die ihr sehr zur Hand ging und an ihren Lippen förmlich klebte. Sie wollte alles wissen, was Wanar wusste. Gesina gab sich nie mit halben Erklärungen zufrieden. Immer fragte sie nach.

Gesina und Wanar trugen den schweren Korb gemeinsam. Es war ein schönes Stück zurück zum Dorf und sie hatten Zeit, über verschiedene Dinge zu reden. Gesina wollte wissen, welche Pilze Wanar auf den Fall-Ab pflanzen wollte. Gesina hatte bemerkt, dass an manchen Tagen über Wolfskot und Bärendung ein weißlicher Überzug wuchs, der sich länger hielt. Später kamen Ameisen, um diesen Überzug zu fressen. Kleine blaue Mistkäfer legten ihre Eier in den Kot und schließlich zerfiel der Dunghaufen bei geeignetem Wetter zu Staub. Die beiden Frauen diskutierten schon seit einigen Tagen darüber, ohne wirklich vorwärts zu kommen.

Wanar blieb plötzlich stehen. Sie blickte am Rande des Dorfes über den Platz zu ihrem Dach hinüber. Ein fremder Bursche kam gerade darunter hervor. Pan ging vor ihm her und der Bursche folgte ihm zusammen mit einer Ziege. Wanar kannte die Ziege nicht. Sie sah anders aus als die Ziegen des Dorfes. War sie sein Begleiter? Ungewöhnlich! Wanar sah die Burschen zum leeren Dach hinüber gehen. Das leere Dach war den reisenden Suchenden vorbehalten. Dort konnten sie übernachten oder wohnen, wenn sie länger blieben.

Am Gewand erkannte Wanar einen On. Drobar war zu ihnen aufgebrochen. Ein Bär ging, eine Ziege kam. Wie würde es den On dabei gehen? Eine Ziege ging, ein Bär kam. Und wie konnte eine Ziege auf Dauer die Reise überleben?

Gesina beobachtete die Meisterin von der Seite, deren Blick dem neuen Suchenden folgte. Das Mädchen hatte schon viele Suchende gesehen, erlebt, wie sie ankamen, wie sie wieder gingen, was sie alles an Wissen hier ließen. Sie war neugierig, was er alles wusste, was sie von ihm erfahren würden.

Gesina trug den Korb zu einem Baum hinter den Dächern. Weit ausladende Äste waren bereit, die nassen Tücher zu tragen und im Wind zu trocknen. Pan kam herüber.

"Hab einen On getroffen. Tr´4. Er hat eine Ziege als Begleiter."

Seine Mutter nickte stumm. Pan nannte immer nur das Wichtigste. Auffallend war, dass er über die Einsiedlerin mehr erzählte, als er es sonst über Dinge tat, die im Wald passierten. Wanar horchte auf. Schon lange hatte niemand etwas von der Einsiedlerin gehört oder über sie erzählt. Für Wanar war Matee ein dunkler Schatten gewesen, der sich über die Jahre langsam verflüchtigt hatte. Nun kam er in beängstigendem Schwarz wieder. Ein paar Tage noch, dann würde Pan zu seiner Reise aufbrechen, dann würde ein Teil der Schuld verschwinden. Wanar hoffte es zumindest. Sie hatten ihr das Kind aufgedrängt. Eine Hexe brauchte das Kind nicht, bei ihr wäre es besser aufgehoben. Pan bemerkte den Blick seiner Mutter, der in die Ferne geschweift war. So ähnlich war ihm Matee im Wald vorgekommen. Das musste am Alter liegen, die Gedanken ständig in die Vergangenheit schweifen zu lassen.

Pan wollte Tr das Dorf zeigen und ging zum leeren Dach zurück, das jetzt eine Herberge war. Gesina lenkte Wanar mit einer Frage über das Trocknen verschiedener Tücher ab. Pan hörte seine Mutter erklären und lächelte. Wenigstens eine, die ihr zuhörte.

Tr hatte sich eingerichtet. Seine Kolla lag auf dem Tisch, einem kurzen Stück Baumstamm, der an einer Wand stand. Das Zelttuch lag neben der Schlafstelle. Das alte Laub und die trockenen Zweige wollte Tr austauschen. Das Bündel lag am Boden, der mit groben Steinsplittern gepflastert war. Es war kühl aber hell, wie in dem Dach, das Pan ihm vorher gezeigt hatte. eVre stand im Türrahmen. Türblatt gab es keines. Am oberen Rand des Rahmens waren zwei schwere Lederrollen befestigt, die man herab lassen konnte, wenn man die Tür verschließen wollte. Tr steckte einige Streifen des geräucherten Fleisches ein, nahm das alte Laub von der Schlafstelle und trug es eVre vor die Türe. Er legte es rechts vor die Eingangswand. Dann stieg er die Stufen hinauf und stand in der späten Nachmittagssonne. Pan wartete schon auf ihn. Er wollte Tr zuerst die Fall-Ab zeigen, ihn zum Fluss führen und ihn dann Meister Lik´19gol vorstellen.

Die Burschen gingen den breiter ausgetretenen Weg Richtung Fluss und zweigten links ins Gestrüpp auf einen nicht minder breiten Pfad ab. Sie gingen eine Weile an Bäumen und Sträuchern vorbei. Plötzlich lag vor ihnen eine tiefe Grube, die Fall-Ab. Ein Steg führte darüber. Zu beiden Seiten liefen parallel je zwei Stangen mit einer Fingerspange Abstand. Man zog sein Gewand hoch, setzte sich rittlings über die zwei Stangen und konnte sich schon erleichtern. Dann sollte man den Steg weiter gehen. Am gegenüberliegenden Ende wurde bereits eine weitere Grube angelegt. Mit dem Aushub schaufelte jeder, der die Fall-Ab besuchte, ein bisschen Erde von der neuen in die gerade gebrauchte Grube. So wurde der Dung ein wenig zugedeckt und es roch nicht so streng. Im Sommer nahm man zum Nachwischen Blätter von Bäumen mit, so man sie brauchte, im Winter suchte man vorher geeignete Steine aus dem Fluss. Zu diesem waren Pan und Tr nun unterwegs. Tr staunte. Der Fluss war fast doppelt so breit wie der Fluss in seinem Heimatdorf, auch etwas tiefer. Er führte viel mehr Wasser und nun verstand er, dass Matee einst bei Hochwasser mitgerissen worden war. Das Wasser war auch nicht kristallklar sondern sandiger. Es hatte schon viele Gegenden gesehen, Berge, Hügel, Wälder, war über Felsen gesprudelt und hatte an flachen Stellen Mäander gebildet. An seichten Stellen lagerte der Fluss Sand und Ton ab, während er an anderen Stellen schneller floss und Steine zerrieb. Man konnte seinen Durst löschen und Fische fangen in einer Größe, die Tr überwältigte. Da genügte ein Fang für eine ganze Familie. Tr spürte ein wenig Appetit, holte einen Fleischstreifen heraus und kaute daran. Als die Burschen zum Dorf zurückkamen, legten die Dorfbewohner, die ums Feuer gestanden waren, ihre letzten Holzstücke nach. Die Steine wurden ein letztes Mal umgedreht, dann zerstreuten sich die Bewohner. Pan führte Tr zu einem älteren Mann, der noch am Feuer stand und zuschaute, wie die letzten Holzscheite lichterloh brannten und ordentlich Hitze abgaben.

"Wir verbrennen viel Holz, um zwei Hand voll Eisen zu erhalten. Das reicht für etwa 20 Messer und eine Schale."

Lik´19gol hatte sich zu Tr auf einen Baumstamm gesetzt, der neben dem Feuer lag und als Sitzgelegenheit diente. Eisen erleichterte das Leben drastisch. Messer, Beile oder Schalen, die man über das Feuer hängen konnte, waren für den täglichen Gebrauch fast unerlässlich. Doch die Herstellung raubte eine Menge Holz, die man für den Winter besser verwenden könnte. Außerdem lichtete sich der Wald in der Umgebung zusehends. Nach Regenfällen wurde immer mehr Erde, Schlamm und Steine ins Dorf geschwemmt. Einige Dächer liefen Gefahr im Wasser unterzugehen. Eine entscheidende Lösung musste her, sonst würden sie über kurz oder lang umziehen müssen. Tr nickte. Er verstand das Problem. Seit er denken konnte, war der Ofen in seinem Heimatdorf zweimal im Jahr angeheizt worden.

Dann hatten die Dorfbewohner fünf Tage lang von oben Schichte für Schichte Kohle und Steine nachgelegt. Fünf Tage lang eine unvorstellbare Hitze, fünf Tage lang ständig unten durch eine faustgroße Öffnung mit hohlen Holunderstäben hineinblasen. Fünf Tage lang mussten diese Holunderstäbe nachgeschnitzt werden, weil sie an der Spitze natürlich mitverbrannten. Fünf Tage lang saßen Kol, der damalige Meister, und zwei andere Männer vor dem Ofen und beobachteten ihn. Fünf Tage lang sahen drei Frauen nach dem Rechten, brachten Essen und vor allem viel zu trinken. Fünf lange Tage hielten sie sich gegenseitig wach und erinnerten einander an ihre Arbeiten. Nicht einmal sah Tr, wie der Ofen zerbrach und die Männer fluchtartig zurückwichen. Dann spürte Tr die Hitze selbst heroben bei den Höhlen. Fünf Tage lang war das Dorf im Ausnahmezustand. Selbstverständlich war das Material, das sich am Grunde des Ofens sammelte, wertvoller als alles andere im Dorf. Manchmal bildete es Tropfen oder einen kleinen See. Es kam auch gelegentlich vor, dass gar nichts gewonnen werden konnte. Die Männer schüttelten dann die Köpfe, diskutierten, schimpften, hatten betretene Gesichter. Ein Ofen konnte nur drei, vier Mal benutzt werden. Dann hatte er zu viele Risse und konnte leichter auseinander brechen. Er wurde abgebaut, untersucht. Der Lehm für den Ofen kam teils vom Bach, zum Großteil aber aus einer eigens angelegten Grube. Entdeckt hatten die Dorfbewohner den Lehm, als sie eine Grube für den letzten Balken ausheben wollten. Das war vor fünf Begegnungen gewesen. Doch da war der Lehm für die Häuser verwendet worden, für die Tongefäße. Ein Suchender war dann vorbeigekommen, vor zwei Begegnungen. Er hatte den Dorfbewohnern gezeigt, wie Eisen aussah, was man damit machen konnte und welche Steine man verwenden musste. Rund ums Dorf gab es wenige davon, im Süden, an den Berghängen mehr davon. So gingen einige Männer des Dorfes dorthin und sammelten die Steine, andere bereiteten das Holz vor, das erst geschwärzt werden musste und Meister Kol, der erste, der es probieren wollte, überwachte den Bau des ersten Ofens. Unter Anleitung des Suchenden bauten sie aus Lehm und

Sand den ersten Ofen, der dann auch wirklich schon gut funktionierte.
Seither hatten die On Eisen. Tr war stolz, von Silber glänzenden
Zweigen, Messern und tiefen Schalen berichten zu können.

Lik hatte mit wachsendem Interesse zugehört und war
begeistert von dem Vorschlag, dass Tr ihm seine Kolla zeigen
würde. Der Meister sollte sie in den nächsten Tagen
durchblättern, wenn Tr so lange bleiben durfte. Lik bot ihm
an, am nächsten Morgen zu seinem Dach zu kommen. Erst
würden sie die Ernte beobachten und dann Frühstücken. Lik
verwendete die Tox-Bezeichnung für das Ausgraben der
Eisentropfen aus der Asche.

Die Tox begannen nun, die Glut aus dem Eisenfeuer zu
holen. Es war nicht mehr heiß genug um Eisen zu schmelzen,
also nahmen sie es für ihre Feuer unter Dach mit. Am Ende
blieb eine große, hitzende Fläche übrig, ein dunkler Fleck
verbrannter Erde. Tr fand es interessant, dass er zu dem
Suchenden werden konnte, der diesem Dorf vielleicht eine
Verbesserung bringen konnte. Er stand auf und ging zu
seinem Dach. Im Dunkeln fand er sofort seine Kolla und
brachte sie Meister Lik. Der ältere Mann blätterte vorsichtig
die Seiten um, fand die entsprechenden Zeichnungen.
Mehrmals nickte er mit dem Kopf, einmal schüttelte er ihn
ungläubig.

"Ich habe eine lange Nacht vor mir."

Lik stand auf. Er dankte Tr und verschwand. Im Dunkel der
Nacht hörte Tr seine Schritte verhallen. Tr biss
gedankenverloren an seinen Fleischstreifen. Seine Kolla war
voll von Zeichnungen. Schreiben mochte er nicht so
besonders. Er erinnerte sich an einen Suchenden, der in der
Mitte der letzten Tramhach vorbei gekommen war, als Tr
selber etwa acht oder neun Jahre zählt. Der Bursche hatte
eine dicke Kolla, die voll von Zeichnungen war. Kein einziger
Buchstabe war zu finden, ausschließlich Zeichnungen von
Werkzeugen, Geräten und Dingen, die er Maschinen nannte,
ein Rad, das sich im Wasser drehte und eben jenen Ofen zur
Erzeugung von Eisen. Die Zeichnungen waren einzigartig. Tr

konnte bei weitem nicht so gut zeichnen, aber er kannte sich in seinen Zeichnungen aus und das war ihm das Wichtigste. "Ein schöner Abend."

Tr verstand sich nicht auf Plauderei, aber seine Augen schienen eine Einladung abgegeben zu haben, denn Wanar setzte sich zu ihm. Tr griff instinktiv zu dem runden, tönernen Anhänger in einem seiner Beutel. Es war zu früh, ihn Wanar zu geben. Erst wollte er hören, worüber sie plaudern wollte. Über die Sterne am Himmel bis zu Pans Kindheit, von Drobar bis zu ihrem Bären erfuhr Tr so einiges.

"eVre hat Matee gefunden."

Die Feststellung klang aus ihrem Mund nicht wie eine Frage, mehr wie eine Anklage. Wer hatte das Treffen verschuldet? Tr schüttelte sich innerlich, er mochte seinen Ohren nicht trauen. Matee wäre höchstwahrscheinlich gestorben, an Gehirnblutung gestorben oder an Blutleere in ihrem Bauch.Er sagte nichts, lächelte entschuldigend, nicht stolz. Jetzt war das Gespräch dort, wo er mehr erfahren wollte. Eine geheime Mitteilung an Wanar von einer ausgestoßenen Hexe, interessant.

"Matee war verrückt, ist immer noch verrückt."

Wie konnte Wanar das wissen? Tr schaute sie mit erwartungsvollen Augen an. Sein Mund stand ein wenig offen, als wollte er jedes Wort aufschnappen und gleich schlucken.

"Meisterin Wanar, ich habe etwas gefunden."

Tr schreckte auf. Gesina war lautlos herangetreten. Ihre nackten Füße schienen kein Geräusch auf dem Boden zu erzeugen. Tr stand auf. Gesina verströmte einen Duft, wie er ihn nur aus den Tonkrügen von Hun kannte. Drobar hatte ähnlich gerochen, glaubte sich Tr erinnern zu können. Das Tuch, das ihren Körper bedeckte, fiel vorne bis zu den Knien, hinten bis zu den Waden. Ein besonders dicker Gürtel zierte die Taille. Zeichen waren eingebrannt, die Tr nicht verstand.

"Geist der Pflanzen, Seele der Tiere, Farbe der Steine und Vielfalt der Welt."

Offensichtlich hatte Tr zu sehr gestarrt. Er entschuldigte sich mit blinzelnden Augen und richtete sich auf, indem er einatmete.

"Tr von den On."

Er tippte sich mit zwei Fingern an die Brust.

"Gesina von den Tox."

Ein zaghaftes Lächeln umspielte ihre Lippen. Die beiden Frauen redeten über Möglichkeiten, die Fall-Ab neu zu organisieren. Die Wörter Pilze und Flechten fielen, Mistkäfer und Ameisen, auch Würmer und Maden. Tr hörte nur mit halbem Ohr zu. Seine Augen drohten zuzufallen. Außerdem dachte er an Matee, ihr Leben ohne Begleiter und ohne die Möglichkeit mit jemandem sprechen zu können. Für Tr war es angenehm gewesen hier im Dorf wieder Menschen um sich zu haben. Sechzehn Jahre war Matee alleine gewesen von ein paar wenigen Besuchen abgesehen, zufälligen Besuchen. Allein die Tatsache, dass sie zaubern konnte, oder besser gesagt geschickt im Umgang mit der Wirklichkeit, konnte nicht zur Verbannung geführt haben. Matee hatte noch ein anders Geheimnis, oder hatte es das ganze Dorf?

"Du hast Matee getroffen?"

Erschrocken stellte Wanar fest, dass sich Gesina an Tr gewandt hatte. Was sollte das Interesse an einer Verstoßenen? Tr fand, dass Matee eine Chance verdient hatte und erzählte aus dem Leben der Hexe, wie er es in der kurzen Zeit kennengelernt hatte. Einfach, natürlich, ohne Zorn auf das Dorf. Während Gesina mehr und mehr Interesse zeigte, wurde Wanar immer stiller und schien, als wollte sie sich verkriechen. Doch sie blieb sitzen und horchte den Beschreibungen zu, die Tr von Matee gab. Wie gut hatte Wanar die Hexe gekannt? Wanar schauderte innerlich. Hier saß ein Bursche, der Matee besser zu kennen schien, als Wanar sie jemals gekannt hatte. Tr schien in sie hineingesehen zu haben. Aber das tiefste Geheimnis kannte auch er nicht. Gesina deutete auf den Sternenhimmel. Der nasse Föhrenzapfen, wie sie hier den Eiszapfen nannten, begann unterzugehen. Gesina zeigte auf eine Scheibe, die am westlichen Rand des Sternbildes stand. Tr erkannte den Begleiter der Erde.

In den nächsten vierundfünfzig, ki, Tagen würde dieser Punkt wachsen, größer werden aber am frühen Abend seine linke Hälfte mehr und mehr verlieren. Dann, nach weiteren ki Tagen, würde die dünne Sichel für ein oder zwei Tage verschwinden um dann am Vormittag wieder aufzutauchen, verkehrt herum. Die Sichel würde wieder dicker werden, aber gehörig schrumpfen. Nach insgesamt hundert, kwa-tri-un, Tagen würde der Begleiter am Morgen wieder nur ein Punkt am Himmel sein, wie einer von vielen.

Gesina freute sich auf dieses Schauspiel, das erste Mal in ihrem Leben und....

"Gesina ist beseelt von den Dingen um sie herum."

Pan setzte sich neben seine Mutter. Gesina errötete. Sie verstand den kleinen Spott wohl als Anerkennung, denn sie hob leicht den Kopf. Tr war sich nicht sicher. Sie war den Ameisen besonders zugetan, den Bienen im Wald, sie erkannte den Nutzen von Maulwürfen und Wühlmäusen, und Radspinnen waren überhaupt die faszinierendsten Geschöpfe. Aber verstand sie auch, dass es Augenblicke gab, da man am besten schweigen sollte?

"Ich möchte in sieben Tagen, ti-un, aufbrechen, nach Osten."

Wanar erschrak. Sie hatte damit gerechnet, es war unausweichlich, aber die Ankündigung kam aus dem Nichts. Pan sah in die restliche Glut, die langsam erlosch. Nach Osten hinter das hohe Gebirge zog es ihn. Weite Ebenen sollte es da geben, Völker, die Pferde hatten und mit Kisten durch die Wälder fuhren an denen sich Räder drehten. Wanar würde ihn verlieren, wie sie Rol verloren hatte. Es hatte ihr damals das Herz gebrochen und sie würde dieses Gefühl wieder erleben.

Gesina erkannte, dass ihr Wissen zurzeit nicht gefragt war und verabschiedete sich um ihr Nachtlager zu wärmen. Pan musste zur Fall-Ab.

"Eine Tramhach endet, und schon beginnt eine neue."

Wanar erhob sich. Tr sprang schnell auf.

Er kramte in einem Beutel und holte den kleinen Anhänger heraus. Tr hielt ihn in der Hand, unschlüssig. Wanar bemerkte die Unsicherheit.

"Wenn man etwas tun will, soll man es nicht aufschieben."

Wanar war neugierig geworden. Tr ließ die Faust sinken. Matee hatte ihn gebeten, das Medaillon nur Wanar zu geben, niemand anderem. Tr hob die Faust. Wanar blickte ihm ins Gesicht, ob sie eine Regung sähe. Dann schweifte der Blick zur Faust. Es war nun schon sehr dunkel und man konnte kaum mehr Einzelheiten erkennen.

Aber was Wanar erblickte, raubte ihr den Atem.

Tr hatte die Faust langsam geöffnet und hielt Wanar den Anhänger hin. Wanar stand steif da, schaute wie gebannt auf die kleine Tonscheibe. Tr folgte ihrem Blick. Ein kleiner Tropfen und darunter eine kleine Welle zierten die Mitte, darum eine Linie im Zickzackmuster. Die Bedeutung blieb Tr verborgen. Wanar schien die Bedeutung erst langsam zu begreifen. Eine zitternde Hand wollte die Scheibe nehmen. Plötzlich schlug Wanar die Hände vors Gesicht.

"Nein. Nein!"

Schrill hallten die Worte über den Feuerplatz. Einige Dorfbewohner kamen mit brennenden Ästen angerannt. Tr schloss die Faust wieder. Wanar sackte zusammen. Böse Blicke trafen Tr. Er zuckte nur mit den Schultern. Wanar fing sich wieder und schickte die Dorfbewohner weg. Lange blieb es still.

"Sie hat mich einer Schuld entbunden."

Tr reichte ihr die Scheibe.

Wanar nahm sie entgegen. Abermals stand Wanar auf. Sie dreht sich um und verließ wortlos die Feuerstelle. Nach einigen Schritten blieb sie mit dem Rücken zu ihm stehen.

"Zu niemandem ein Wort!"

Es war mehr ein Zischen und Tr lief es kalt über den Rücken. eVre erwartete ihn mit kauendem, vollem Maul und einem aufmunternden Meckern. Außerdem ließ sie es rinnen zum Zeichen, dass ein lange abwesendes Herdenmitglied heimkam. Tr führte sie die Stufen hinunter und hieß sie sich aufs Blätterlager zu legen. Er selber trat in den Raum und schlagartig wurde ihm klar, dass er etwas vergessen hatte. Frische Zweige und Moos hatte er sammeln wollen um sein Lager weich zu machen. Doch diese Nacht würde er härter schlafen müssen. Umso erstaunter war er, seinen Zeltstoff auf dem Lager und darunter frische Zweige und Moos zu finden. Tr horchte noch in die Nacht, fühlte aber keinen anderen Menschen in der Nähe. Beruhigt und neugierig zugleich legte er sich hin. Der Schlaf übermannte ihn bald und löste seine Gedanken zu Matee und Wanar langsam auf.

Tr blinzelte. Er konnte die schmalen Schlitze unter dem Dach erkennen, also musste der Tag bald anbrechen.

"Guten Morgen."

Tr schreckte hoch.

Eine Gestalt saß im Dunkel der gegenüberliegenden Wand.
Die Stimme war eindeutig weiblich, rau.
Tr nahm an, dass die Stimme zu jener guten Fee gehörte, die
sein Lager hergerichtet hatte.
"Danke für mein Nachtlager."
Ein Kichern antwortete ihm.
"Du kannst mehr haben."
Tr wusste im Moment nicht, was sie damit meinte. Doch
dann wurde es ihm schlagartig klar. Er war froh, dass es noch
dunkel herinnen war, sonst hätte man seine roten Ohren
gesehen. Eigentlich war er darauf aus, Wissen zu sammeln.
Dass sie ihm anbot, sein Wissen in körperlicher Hinsicht zu
vermehren, machte ihn verlegen.
"Tr?"
Pan rief von draußen herein. Tr stand auf. Die Gestalt im
Dunkeln lehnte sich zurück, wollte offensichtlich nicht in
Erscheinung treten, eher geheim bleiben. Tr ging an ihr
vorbei, blieb kurz stehen. Längeres Haar fiel über ihre
Schultern, ihr Tuch bedeckte eine Schulter, die Hände waren
vor der Brust verschränkt. Ihr Gesicht konnte er nicht
erkennen.
Wortlos ging er nach draußen.
Über der Ebene im Osten verlief ein blutroter Streifen.
Mehrere Dorfbewohner betrachteten das Naturschauspiel.
Nach wenigen Augenblicken sah man einen leuchtend gelben
Punkt, der sich zu einem Bogen verbreiterte.
Das Rot veränderte sich langsam zu violett. Als die Scheibe
der Sonne sich vom Horizont löste, gingen die
Dorfbewohner bedächtig ihren Beschäftigungen nach.
"Schön dich zu sehen."
Lik kam Tr in langen Schritten entgegen.
Lik hatte die ganze Nacht über den Zeichnungen von Tr
gebrütet, sich selber Gedanken dazu gemacht und eigene
Zeichnungen angefertigt. Er gab Tr seine Kolla zurück.
In drei Tagen wollten einige Männer des Dorfes mit dem Bau
eines Ofens beginnen, dann hätten sie auch die entsprechende

Menge Lehm und Sand bereit.

Tr sagte zu, beim Aufbau zu helfen. Er freute sich darauf, den Dorfbewohnern zur Hand gehen zu können. Es würde schwierig werden, mit dem Lehm eine dicke Wand zu bauen, etwa eine Handbreit dick und genauso hoch.

Man musste warten bis dieser Ring etwas angetrocknet war, dann konnte man den nächsten Ring darauf bauen. Der fertige Ofen sollte wie eine Art Tropfen aussehen.

In der unteren Hälfte dicker verjüngte er sich oben zusehends. Die einzelnen Schichten aus zerbröseltem Gestein und Holz oder Holzkohle schmolzen das Eisen auch nicht wirklich. Vielmehr zersprengte das heiße Eisen das umgebende Gestein und fiel auf den Boden des Ofens, weil es schwerer war. Die Asche und das leere Gestein konnte man knapp darüber durch eine kleine Öffnung herauskratzen. War der Ofen kalt, holte man die Eisenfladen heraus und ein Schmied konnte sie bearbeiten, die restliche Kohle oder die verbliebenen Gesteinssplitter herausschmieden.

Durch den ringförmigen Aufbau des Ofens sollten eigentlich auch nur einzelne Ringe unter der Hitzebelastung brechen. Diese gebrochenen Ringe wurden aber durch die oberen und unteren weiter gestützt. War das Holz aber noch nicht trocken genug oder die Füllung im Allgemeinen zu schwer, konnte schon ein Bruch des gesamten Ofens geschehen. Wurde nur Lehm benutzt, bekam der Ofen schon beim Trocknen Risse, durch die der Rauch und die Hitze unnötigerweise austreten konnten. So mischten die On noch Sand dazu und stellten so die Dichtheit sicher. Ein weiteres Problem war die Luftzufuhr. Ein langer, gerader, möglichst frischer, noch feuchter Ast, ausgehöhlt diente als Blasrohr. Ein Mann mit kräftigem Atem musste immer wieder die Glut zum Leuchten bringen und für möglichst große Hitze im Inneren des Ofens sorgen. Dabei musste er aber immer auf die Funken achten, die oben aus der Öffnung stoben. Außerdem musste entschieden werden, wann die nächste Schichte Steine oder Kohle oben eingefüllt werden konnte.

Eine gefährliche Aufgabe, da man der Öffnung und damit der Hitze oft viel zu nahe kam. Tr hatte Brandwunden und versengte Haare gesehen, gerötete Haut, die tagelang juckte. Doch die Mühen und oft die Qualen wurden durch eine kleine Menge Eisen belohnt, die zu Speerspitzen, Pfeilspitzen oder Messern verarbeitet werden konnte. Beile und Schaufeln waren Tr lieber, aber er verstand den Gebrauch der Speerspitzen und Pfeile als schnelle Art selber zu Fleisch zu kommen ohne einem Lebewesen unnötig großen Schmerz zuzufügen.

"Dann habe ich endlich wieder etwas Vernünftiges zu tun!"
Zo stellte sich zu Tr. Tr hob fragend die Augenbrauen. Die Ausbeute aus dem Eisenfeuer am vergangenen Abend war gering gewesen. Zo hatte eine Hand voll rußigem Eisen aus der Feuerstelle holen können. Das war ihm zu wenig. Zo war der Bieger im Dorf. Er hatte von seinem Vorgänger eine dicke Eisenplatte übernommen und einen Hammer, dessen Größe Tr erstaunte. Der Hammer wog bei weitem mehr, als Tr für möglich gehalten hatte und die Eisenplatte vermochte er erst gar nicht zu heben. Zo grinste. Auf der Platte waren schon viele Messer entstanden, Spitzen für Pfeile und Beile für die Schläger des Dorfes. Diese Männer waren für die Beschaffung geeigneten Holzes zuständig. Jeder Baum hatte seine eigene Seele, seine Bestimmung. Feuerholz roch anders als Holz für die Häuser und Dächer, Holz für Stiele roch anders als Holz, aus dem die kleinen Figuren geschnitzt wurden, die jede Frau an einer besonderen Stelle im Haus aufbewahrte.

"Ich forme sogar Bänder auf die Hisa."
Zo hielt stolz seine eigene Hisa in die Höhe. An den Enden hielten Eisenbänder die Holzfasern zusammen. Dadurch sollte verhindert werden, dass das Holz ausbrach oder sich zu sehr abnützte. Zo besaß viele andere Werkzeuge, die am Stufenabgang seines Hauses gesammelt waren. Die Dorfbewohner kamen zu ihm, um sich einen der Gegenstände zu holen.

Nach getaner Arbeit brachten sie die Werkzeuge wieder zurück. So konnte Zo immer gleich etwas richten, ausbessern, erneuern. Tr sah Schaufeln und die angesprochenen Beile, eine Säge und große, lange Messer.

Auch eine riesige Schale war dabei, deren Rand stark in die Höhe gebogen war. Zo nannte sie Topf und sie kochten darin Gemüse in Wasser. An Steinen wurde sie über das Feuer gestellt.

Die Schatten wurden kürzer und Pan kam angerannt.

"Kommst du mit? Wir schwingen die Hisa."

Tr verstand die Bedeutung nicht ganz, doch er nahm an, dass es sich um die Streitübungen mit der Hisa handelte. Er sollte Recht behalten. Hinter den Dächern auf einem kleinen offenen Platz, gesäumt von Birken und Kiefern befand sich ein sandiger Platz, der auch nach starkem Regen recht schnell trocken sein musste. Einige Baldlinge hatten sich versammelt. Tr sah etwa genauso viele Burschen wie Mädchen und erkannte auch Gesina unter ihnen. Die meisten stützten sich an ihre Hisa oder lehnten daran. Einige Baldlinge saßen am Boden und hatten die Hisa über die Füße gelegt.

"Lege deine Hisa nie auf den Boden!"

Hun hatte es ihnen immer wieder eingeschärft. Man konnte sie nicht schnell genug aufheben, sie konnte unnötig nass werden und rutschte durch die Finger, ein Gegner konnte darauf treten, man musste den Blick kurz senken. Alles Dinge, die Zeit kosteten und einem Gegner Vorteile brachten.

Pan trat in die Mitte des Platzes und stellte Tr vor.

Kopfnicken, Händewinken und Zurufe begrüßten ihn.

"Wir kämpfen nie, um uns gegenseitig zu verletzen. Wir kämpfen, um unsere Fähigkeiten zu testen."

Tr sah es ebenfalls so. Aber es war beruhigend, dass Pan extra darauf hinwies.

Ein recht großer Bursche trat vor und wartete. Als Aufforderung hielt er seine Hisa in beiden Händen ausgestreckt vor sich. Ein anderer Bursche, der weiter hinten unter einem Baum saß, löste sich aus dem Schatten und stellte sich dem großen gegenüber. Ein Zähler stellte sich in die Mitte zwischen beide und gab das Zeichen, wann sie beginnen konnten. Tr sah dieselbe Zählweise, die er aus seinem Dorf kannte. Doch tippte sich der Zähler bei den entsprechenden Zahlen nicht auf die Brust sondern an den Kopf. Welche Schwierigkeiten Tr gehabt hatte, das Zählen damals zu erlernen! Doch es war so einfach, Tr konnte sich erinnern, wie Meisterin Tapar ihnen das Zählen mit den Fingern beigebracht hatte.

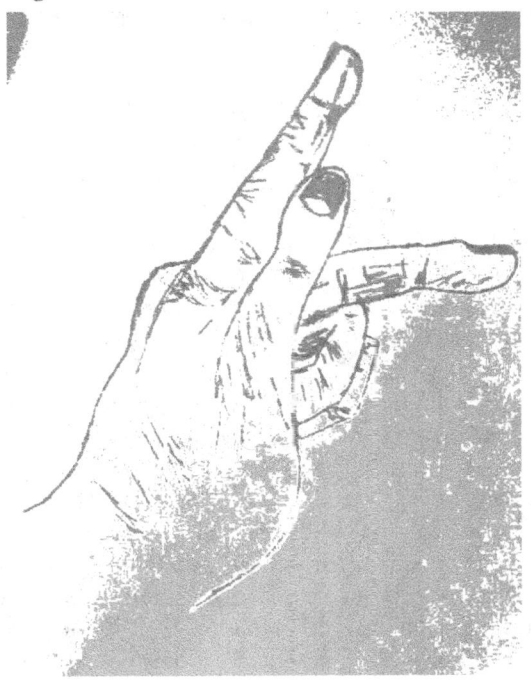

Sie hatten jede Menge Eicheln, Nüsse oder Hagebutten vor sich liegen und zählten zunächst nur mit Worten. Als sie eine gewisse Reihenfolge auswendig aufsagen konnten, sollten die Kinder die Früchte zählen. Zu guter Letzt waren die Zeichen dazugekommen, die mit den Fingern gezeigt werden sollten. Der Daumen stand für eins, un, der Zeigefinger

für drei, to, der mittlere Finger für neun, tr, dann kam der nächste Finger mit der Bedeutung 27, kat, und schließlich der kleine Finger mit 81, kwa. Wurde der Finger jedoch auf der Brust aufgesetzt, bedeutete er das Doppelte seines Wertes. Die Werte aller gezeigten Finger wurden einfach zusammengezählt. Soweit die Theorie! Tr hatte Spaß daran gehabt, immer neue Fingerkombinationen zu erfinden, die die Zahlen und damit die Mengen der Früchte auf dem Tisch symbolisiert hatten. Sogar bei seinen Ausflügen zählte er immer seine Schritte mit. Wie weit war es zu jenem Fluss, zu dieser Eiche mitten im Wald? Wie weit war es zu den Eismenschen oder einfach rund um die Wohnhöhlen? Als Kind entwickelte er daraufhin seine Fähigkeit, die Entfernungen zu schätzen und damit im Zusammenhang auch die Zeit abzuleiten, die es brauchen würde hierhin oder dorthin zu gelangen. Tr war auch fasziniert gewesen von der schier ungeheuren Menge an Blättern, die auf einem Baum wuchs. Eines Morgens stellte er sich unter einen Ahornbaum und begann die Äste zu zählen. Dann versuchte er die Anzahl der Blätter an einem dieser Zweige zu gewinnen. Als er dann die Zahl mit seinen Fingern zählen wollte, merkte er, dass seine Finger ausreichen mochten. Doch das Zählen strengte ihn derartig an, dass er sich gegen Ende immer häufiger verzählte. Als er bei neun Fingern an die Brust gedrückt angekommen war, wollte eine Rinderherde ausgerechnet an seinem Baum vorbei ziehen. Tr musste aufgeben. Er verstand aber einerseits, dass ein Baum ungeheuer viele Blätter besaß und er andererseits mit seinen Fingern auch riesige Zahlen zeigen konnte. Leider mochte kein anderer Grundling seine Leidenschaft teilen und so öffnete sich ihm alleine eine Welt des Staunens.

Zwei Mädchen kämpften gerade miteinander, als eine Frau den Platz betrat und sich in den Schatten der Bäume stellte. Ein Raunen ging durch die Baldlinge. Ein Erwachsener wurde selten am Übungsplatz gesehen. Sie hatten die Grundregeln des Kämpfens zwar von den Erwachsenen gelernt, aber am besten schaute man sich gegenseitig Tricks und Geschick ab. Außerdem war Tana noch nie hier gesehen worden. Die beiden kämpfenden Mädchen ließen sich indes nicht unterbrechen und führten ihre Hiebe und Stöße unverwandt weiter. Stiche wurden pariert und Schläge abgefangen. Die

Mädchen drehten sich im Schwung der Angriffe und der Abwehr. Tr fand, dass es schon beinahe wie ein Tanz aussah. Ähnlich wie bei den On wurde hier ein Scheingefecht geführt. Angriffe wurden mit bestimmten Schrittkombinationen eingeleitet, an der Handhaltung erkannte man die Art des Schlages, der folgen würde. Der Angegriffene konnte ebenfalls mit der Handhaltung andeuten, ob er sich wegdrehen würde oder den Schlag parieren würde. Mit dem Fußspiel konnte man zeigen, ob man um den Gegner herumlaufen wollte oder sich ducken würde. Sehr selten wurde auch mit dem Kopf gestoßen, wenn kein Ausweg mehr blieb und ein Schlag drohte, dem man nicht mehr ausweichen konnte. Tr hatte schon öfter Böcke miteinander kämpfen gesehen, die mit ihren Köpfen aneinander stießen. Dass sie nicht Kopfweh bekamen, war ihm immer wieder schleierhaft. Selbst Hasen boxten sich gegenseitig oder Vögel flogen einander laut zwitschernd nach und versuchten sich zu zwicken. Hirschkäfer drehten den Gegner auf den Rücken. Katzen kratzten mit den Krallen oder Hunde bissen ins Fell. Die Verteidigung gelang den meisten Tieren und oft war sie nicht gegen einen anderen Feind sondern gegen einen aufdringlichen Artgenossen gerichtet. Tr dachte aber auch an die vielen Gelegenheiten der Abwehr, die er gegen Wölfe gehabt hatte oder einen Luchs, gegen einen Bullen oder einen wild gewordenen Ziegenbock. Jedes Tier griff anders an, jedes Tier wich anders aus oder führte Scheinangriffe, wie hier die Baldlinge.
Plötzlich war der Kampf der Mädchen vorbei.
Die Zählerin hatte mit kwa Punkten eines der Mädchen zur Siegerin erklärt.
"Ich möchte dich herausfordern."
Ein Mädchen stand neben Tr. Sie war ein wenig kleiner als er, hatte kurzes braunes Haar und hielt ihre Hisa fest umklammert. Quuna schritt in die Mitte und Tr folgte ihr. Er bemerkte, dass einige der Baldlinge grinsten. Er hatte das Gefühl, geradewegs in eine Falle zu tappen.Tr wollte sich

keine Blöße geben, er wollte nicht verlieren, wenn man im Zusammenhang mit einer Übung überhaupt davon sprechen konnte. Taktieren war etwas, das Quuna sicher auch beherrschte. Los zu preschen war genauso verkehrt wie zu lange abzuwarten. Der Zähler war ein Bursche, der glaubte, wohl nur eine Hand zum Zählen gebrauchen zu müssen. Die andere Hand steckte lässig im Gürtel. Hinweise gab es für Tr genug, aber wie sollte er sie verwerten? Der Zähler gab das Zeichen zu beginnen und Tr drehte sich von Quuna weg. Er wollte zu Beginn nur auf seine Ohren vertrauen. Zwei schnelle Schritte näherten sich ihm. Das Sirren der Luft, wenn ein Gegenstand durch die Luft schnitt, seitlich, von unten. Tr sprang in die Höhe, stützte sich auf seiner Hisa ab. Quuna hatte mit ihrem Stock auf seine Füße schlagen wollen. Jetzt ging der Hieb daneben und traf Trs Hisa. Er stand schon wieder und schlug den Stock mit seiner Hisa zurück. Quuna schwankte und behielt mit Müh´ und Not ihren Stock in der Hand. Sie nahm den Schwung auf und dreht sich mit ihm um die eigene Achse. Dabei schwang sie den Stock so herum, dass er als Speer auf Tr gerichtet war. Quuna erwartete wohl eine Abwehr und ließ ihr ganzes Gewicht mitspielen. Doch Tr ließ sich fallen und Quuna stürzte über ihn. Mit seinen Füßen half er nach und drückte das Mädchen mit einem weiten Bogen über sich hinweg. Quuna landete mit einem erschrockenen Aufschrei auf dem Rücken im Sand. Beide Kämpfer sprangen auf. Quuna presste die Lippen aufeinander. So leicht, wie sie gedacht hatte, würde es nicht werden. Der On hatte mehr zu bieten, als nur ein Nachmittagsvergnügen zu sein. Quuna machte einen schnellen Schritt auf Tr zu, hob ihren Stock und ließ ihn auf den Burschen niedersausen. Tr konzentrierte sich so auf die Abwehr, dass er übersah, dass Quuna den Stock losgelassen hatte, sich im Schwung hinter ihn dreht und ihn mit einem Tritt in die Kniekehle zu Fall brachte. Beide Hisa flogen durch die Luft. Im Fallen klammerte sich Tr ans Gewand seiner Gegenspielerin und riss sie mit in den Sand. Quuna rollte sich seitlich durch den Sand und entkam so seinem Griff. Sie wollte gerade nach ihrem Stock greifen, als sie zuerst einen stechenden Schmerz im Fuß spürte und plötzlich ihre Zehen gefühllos waren. Am Boden liegend wand sie sich hin und her. Tr hatte sich auf sie geworfen und versuchte sie festzuhalten. Es gelang ihr einen Arm frei zu bekommen. Mit einem festen Schlag ihrer Faust traf sie Tr am Oberschenkel. Tr spürte seinerseits einen stechenden Schmerz, dann war sein rechtes Bein taub. Er rollte von Quuna herunter. Eine Weile lagen sie schwer atmend im Sand des Platzes. Rundherum begannen die Baldlinge zu lachen. Sie kamen heran und halfen den beiden Kämpfern auf. Der Zähler wurde gar nicht beachtet. Hier war das Schauspiel mehr wert als alle Punkte. Tr und Quuna humpelten vom Platz und setzten sich in den Schatten der Bäume.

"Drobar wäre auch eine würdige Gegnerin gewesen."

Tr drehte sich um. Hinter ihm stand die Frau, deren Anwesenheit nicht unbemerkt geblieben war.

"Ich bin Tana und Drobar ist meine Tochter."

Tr grüßte sie mit den zwei Fingern auf seiner Brust. Tana war also die Frau des Schmiedes und offenbar ähnlich besorgt wie er. Drobar war nicht das erste Mädchen, das die Zeit als Baldling beendet hatte und als Suchende auf die Kohee ging. Aber es war drei Begegnungen her, dass ein Mädchen das schon einmal getan hatte. Drobar war ein starkes Mädchen, nicht im Sinne von körperlicher Kraft, sondern sie wusste, was sie wusste, wo ihre Besonderheiten lagen und wie sie sich in eine Aufgabe einbringen konnte ohne lästig zu fallen. Sie wog ab und ging den Weg, der gegangen werden musste. Sie wäre eine Stütze im Dorf gewesen, ein Pfahl, an dem man sich hätte aufrichten können. Doch ihre Wahl war die Welt hinter dem Horizont gewesen. Tana wandte sich während des Gesprächs zum Gehen und zog Tr so vorsichtig mit. Hinter ihnen gingen die Übungen weiter.

"Du warst heute nicht der einzige, der dein Dach verlassen hat."

Tr stockte. Im ersten Moment verstand er nicht. Tana musste die Frau gesehen haben, die am Morgen unter seinem Dach gewartet hatte. Sie hatte sein Nachtlager bereitet und war dann in der Früh dagesessen. Aber warum sprach Tana etwas, nun ja, Intimes an? Durfte er mit jener Frau nicht zusammen treffen? Tr versuchte Missbilligung in Tanas Augen zu erkennen, fand aber ein Schmunzeln. Er kannte die Erwachsenen in seinem Dorf und hatte den Eindruck, dass manche des Öfteren einen Schenkelwärmer mochten, andere wieder gar nicht. Dann gab es noch Männer und Frauen, die hin und wieder, je nach Gelegenheit, sich gegenseitig Schenkelwärmer waren.

"Lendenfunken."

Tana gebrauchte den Ausdruck der Tox. Tr fand, dass sich der On-Ausdruck weicher anhörte, eben wärmer und näher. Der Tox-Ausdruck war fordernder, energischer. Tana fand, dass ein Ausdruck nur die Umschreibung von einem Gefühl war. Ein Gefühl beschrieb auch gut das Innere eines Menschen. Wenn jemand mitfühlte, mit jemandem zusammen traurig oder lustig war, konnte man mit ihm anders umgehen als wenn er distanziert war, keine Regung zeigte. Tana schätzte das Interesse, die Suche nach Neuem, das Finden von Lösungen, wie sie es als Meisterin den Baldlingen beibringen wollte. Und so sah sie auch das Kämpfen als das Finden von Lösungen in Bedrängnis. Und offensichtlich war die Suche nach einem Lendenfunken ebenfalls etwas wie die Suche nach dichten Gefühlen.

Tr verstand. Sie wollte ihm die Gefühle eines Mitmenschen nahe bringen, damit er sie verstehen konnte. Oberflächlichkeiten verletzten auf Dauer einen Menschen. Erst die Tiefe von Gefühlen gab einem Mitmenschen Raum, sich darin bewegen zu können. Tr staunte über Tana. Sie sprach in Bildern und das war etwas, was er am besten verstand. Sollte er sich also von jener Gestalt, die unter seinem Dach war, fern halten? Sollte er versuchen, in die Tiefe zu gehen oder sollte er abwarten, wie sich eine Situation entwickeln könnte, ganz ohne Drängen oder bedrängt zu werden? Tana wollte Zeit gewinnen, für ihn Zeit gewinnen. Sie wollte ihm etwas mitteilen, doch nicht heute und alleine, Wanar musste dabei sein, die alles ins Rollen gebracht hatte. Plötzlich blieb Tana stehen. Ein Stock wand sich vor ihren Füßen durch den Sand. Tr erschrak kurz. Er hatte nicht damit gerechnet, eine Schlange mitten am Tage über den Platz kriechen zu sehen. Der Sand jedoch war warm und einladend für ein wechselwarmes Tier. Als Ringelnatter war sie ungiftig und gern gesehen. Die Dorfbewohner sammelten alles Essbare für ihr Fortkommen und lockten damit auch jede Menge Ratten und Mäuse an. Schlangen waren eine willkommene Möglichkeit, sich dieser Nager weitestgehend wieder zu entledigen. Die Schlangen wohnten im Sommer zumeist im Dach zwischen dem Stroh oder im nahen Wald. Im Winter vergruben sie sich im Gebüsch oder an der Hauswand im Erdreich.

Tr war interessiert daran, wie die Tox das Problem mit dem Holz lösten, das sie zum Heizen im Winter verwendeten. Bei den On wurde ein Feuer entfacht, das viele Familien gleichzeitig wärmte. Bei den Tox entfachte jede Familie ihr eigenes Feuer. Doch Tana beruhigte ihn. Unter der Erde war es übers Jahr gesehen fast immer gleich warm oder kalt. Die Schlitze im Dach wurden verschlossen, die Türe mit Strohballen, Laub und Wolle gut abgedichtet und die eigene Kleidung enger um den Körper gewickelt, dann ließ es sich aushalten. Einige Familien zogen zu den Nachbarn. Die Häuser waren niedrig gebaut und da erwärmte sich die Luft recht schnell. Die Wärme im Inneren und die Kälte draußen waren auch nicht das vorrangige Problem. Die Ziegen mussten über den Winter gebracht werden. Jede Menge getrockneten Grases und Blätter mussten gesammelt und in eigenen Erdhäusern aufbewahrt werden. In der Nähe der Wohnhäuser zeigte Tana dem On weitere Häuser, die den Ziegen als Ställe dienten. Auch hier wurden die meisten Schlitze abgedichtet, einige blieben offen um die Gase, die die

Ziegen produzierten, ablassen zu können. Pan kam auf die beiden zu. Er wollte mit suPul auf Hasenjagd gehen und Tr mitnehmen. Der Tox meinte, dass eine Jagd mit Wolf und Ziege sicher interessant werden würde. Tana entließ Tr mit einem Kopfnicken und er holte sich seinen Bogen mit den Pfeilen. eVre meckerte erfreut, als Tr sie aufforderte mitzugehen.

Erst gingen die Burschen Richtung Fluss, bogen aber kurz vor ihm vom Weg ab und gingen an seinem rechten Ufer aufwärts. Sie folgten einem Weg, der die großen Mäander diagonal abschnitt. Im Norden sah Tr die weiten Ebenen, im Süden die Hügel und das Gebirge, aus dem er gekommen war. Der Weg stieg kaum merklich an, doch bald konnten sie auf das Dorf in ihrem Rücken hinab sehen. Die Burschen waren schon eine Weile gegangen und die Schatten am kürzesten, als Pan kurz stehen blieb und Tr dann durch ein dichtes Gebüsch winkte. Dahinter öffnete sich ein alter Wald. Hohe Buchen standen mit weit ausladenden Ästen weit auseinander. Einige der Riesen waren schon umgefallen, andere trotzten noch ihrem Alter. Manche waren mit Waldrebe behangen, wieder andere wurden von Efeu überwuchert und drohten zu ersticken. Wilder Wein hatte sich um die Äste geschlungen und ließ seine Blüten hängen. Bald kamen sie an eine Stelle, die von Licht durchflutet war. Tr sah einige mächtige Stämme am Boden liegen. Sie schienen in einem zufälligen Muster gefallen zu sein, doch Tr merkte bald, dass die Stämme einen Bogen formten. Hier war ein Wirbelwind in die alten Bäume gefahren und hatte sie gebrochen. Die Zweige waren verschwunden, wohl schon zu Erde zerfallen. Die größeren Äste waren noch zu sehen. Die Baumstümpfe waren innen morsch und größtenteils zerfressen. Ameisenhaufen überdeckten manche von ihnen. Jede Menge Jungbäume suchten sich ihren Weg nach oben. Am Rande dieser riesigen Lichtung mochte Pan sein Glück versuchen. Erst suchten sie den Waldrand ab und fanden die Losung von Kaninchen. An einigen Stellen war sie gehäuft anzutreffen, dann wieder fanden sie gar nichts. Am nördlichen Rand der Lichtung entdeckten sie schließlich einen Bau mit zahlreichen Ausgängen. Drei von ihnen schienen öfters benutzt zu werden. Vor den einen Ausgang sollte sich suPul legen, einen anderen Tr bewachen. Pan wollte an einigen anderen Löchern jeweils ein stark rauchendes Feuer brennen lassen und so die Kaninchen aufscheuchen. Pan prüfte die Windrichtung, entschied sich für vier der Ausgänge und ging ans Werk. Tr suchte sich eine geeignete Stellung, um gut schießen zu können und sah suPul vor einem anderen Loch lauern. eVre fraß inzwischen an einigen jungen Blättern und stand dabei vor einem anderen Ausgang. Die Feuer brannten bereits und ein leicht rauchiger Geruch breitete sich im Wald aus. Pan hatte darauf geachtet, dass kein anderes Material zu brennen beginnen konnte. Er schob die Feuer näher an die Löcher und versuchte den Rauch in die Löcher zu pusten.

Plötzlich hörte Tr an einem der Ausgänge ein Pfeifen und ein Kopf erschien, verschwand wieder. Schließlich sprang ein Kaninchen aus dem Bau und verharrte kurz, lange genug um Tr die Möglichkeit zu einem Schuss zu geben. Das Kaninchen wurde durch die Wucht des Aufpralls zur Seite geschleudert. Der Pfeil hatte die Lunge durchbohrt, sodass das Kaninchen keinen Laut mehr von sich geben konnte. Tr verharrte, weil es sofort tot war. Am Loch in der Nähe von eVre rührte sich was. Ein Kaninchen blickte der Ziege entgegen, kam zögernd aus dem Bau, blieb kurz sitzen. Der Pfeil durchschlug auch noch den morschen Baumstumpf dahinter. eVre hob nur kurz erschrocken den Kopf, dann äste sie weiter. Ein kurzes Rascheln, ein klägliches Fiepen und Stille. suPul hatte einen schlaffen Körper vor sich liegen. Der Wolf legte sich gerade wieder hin, als ein zweites Kaninchen durch den Ausgang sprang. suPul jagte dem Kaninchen hinterher, und hatte es nach wenigen Augenblicken eingeholt.

Ein Biss in den Nacken und er kam zurück, legte das Kaninchen neben das andere. Nun verging geraume Zeit und Pan musste kräftiger pusten. Tr sah einen Schatten in dem Loch vor sich und zielte. Der Pfeil sauste ins Loch, blieb stecken und wirbelte Erde auf. Tr beeilte sich und holte sich den Pfeil. Er hatte jedoch Mühe ihn herauszuziehen, da ein besonders großes Kaninchen daran hing. Der Pfeil war durch das Unterkiefer in den Nacken eingedrungen und steckte zwischen den Brustwirbeln. Schnell   eilte Tr zu seinem Versteck zurück. suPul war noch zweimal erfolgreich und drei der Kaninchen ließen sich von eVre solange ablenken, bis auch sie an einem Pfeil hingen. Neun Kaninchen waren mehr als genug. Die Feuer wurden gelöscht. Der Sand aus den Bauen erstickte die Glut. Pan band die Kaninchen an ihren Läufen zu zwei Bündeln zusammen. Tr kontrollierte seine Pfeile und reinigte sie mit ein paar Blättern eines Holunderstrauches. Bevor die Burschen die Hasen schulterten,stellten sie sich vor einen der Ausgänge und summten dreimal immer lauter werdend.Während eVre mit den beiden Burschen schon am Rückweg war, stand suPul noch eine Weile vor einem der Gänge zum Kaninchenbau. Er wartete offensichtlich auf einen Nachschlag, der jedoch nicht kam. Die Burschen traten schon aus dem Dickicht zwischen Wald und dem Weg, als der Wolf sie einholte.

eVre hielt zwar noch immer Abstand zu suPul, aber ihr Argwohn ließ mehr und mehr nach.

Pan wollte einen Umweg gehen und Tr einen kleinen Wasserfall zeigen, den der Fluss in einer der Mäandern bildete. Tr fand, dass die gesamte Ebene hier einen kleinen Ruck verspürt haben musste. Soweit er blicken konnte, macht das Gelände hier eine kleine Stufe. Die Alten berichteten immer wieder von Beben, von Bewegungen der Erde, von Vertiefungen und kleinen Erhöhungen, die zur Zeit der großen Begegnung zunahmen, danach wieder seltener wurden. Der Fluss hatte, bevor er hinabstürzte, einen kleinen See gebildet und nach der Stufe ebenfalls. Pan wollte oben ins Wasser steigen und sich über die Stufe hinabspülen lassen. Sie war kaum mehr als zwei Mann hoch und es würde ein Nervenkitzel sein für einen kurzen Moment schwerelos zu sein. Die Burschen legten ihre Jagdbeute ab, ihre Waffen und schließlich ihr Tuch und die Sandalen. Pan nahm Anlauf und hechtete ins kalte Wasser. Prustend kam er wieder hoch und lachte. Tr ging vorsichtiger ins Wasser. Er kannte die gefährlichen Stellen nicht, oder die ungefährlichen. Die Strömung trieb die beiden Burschen langsam zum Wasserfall. Pan schwamm voraus und war plötzlich verschwunden. Tr hörte vor sich einen Schlag aufs Wasser und einen Augenblick später Pans Stimme. Tr ließ sich treiben, in den leichten Sog reißen. Plötzlich schien das Wasser zu verschwinden, einen kurzen Moment verspürte er Schwerelosigkeit. Dann wurde sein Körper hinabgerissen und Wellen schlugen über seinem Kopf zusammen. Desorientierung folgte bis er wieder oben und unten unterscheiden konnte. Er strampelte mit den Beinen und ruderte mit den Armen, dann konnte er Luft schnappen. Pan schwamm gerade lachend ans Ufer. Tr versuchte ihn einzuholen, doch Pan war schon aus dem Wasser und lief den kurzen Hang hinauf. Als Tr ebenfalls oben ankam, war Pan schon wieder im Wasser und trieb dem Wasserfall entgegen. Diesmal sprang Tr gleich hinein und wartete, dass der Kopf von Pan verschwand, dann trieb er ebenfalls ab. Tr wartete auf den Zuruf. Hatte er ihn überhört? Aus dem Augenwinkel sah er, dass suPul aufgesprungen war. Seine Ohren richteten sich nach vorne auf den Wasserfall. Tr spürte nun den Sog des Wassers sehr deutlich. Es kostete ihn enorme Anstrengung dagegen zu schwimmen. Keuchend entkam er der Strömung und watete ans Ufer. Er rannte den Hang hinunter und blickte aufs Wasser. suPul war ihm nachgekommen und begann zu bellen.

Kein Kopf, der sich bewegte, kein Lachen, das das Rauschen des Wassers übertönte, kein Körper, der an der Oberfläche schwamm.

Pan genoss das Gefühl hinabzustürzen. Ein angenehmes Kribbeln erfasste seinen Körper, als er am Wasser aufschlug. Er arbeitete nicht gegen das Absinken an, wartete bis der Auftrieb einsetzte und wollte mit den Füßen nachhelfen. Ein stechender Schmerz durchzuckte seinen linken Knöchel. Sein Fuß steckte fest. Ein fester Tritt sollte ihn lösen. Panik brannte durch seinen Körper. Das Stechen verfinsterte sich zu einem beißenden Griff. Er blickte zur Wasseroberfläche. Zu weit weg und doch greifbar nahe. Ein weiterer Ruck mit dem Fuß schmerzte so heftig, dass Pan unter Wasser schrie. Ein Fehler, wie er sogleich feststellte. Keine Luft mehr, die er in die Mundhöhle blasen und wieder einatmen konnte, keine Luft, die ihm einige Augenblicke schenken könnte. Das Ziehen in der Lunge verschlimmerte sich. Ein letzter Blick fuhr an seinem eingeklemmten Bein hinunter. Er musste einatmen. Wasser rann in die Luftröhre. Ein Hustenreiz ließ seinen Hals explodieren, er atmete reflexartig ein, ein Hustenreiz jagte den anderen. Seine Lunge wurde schwer, sein Körper schrie nach Luft. In seinem Sehfeld bildeten sich dunkle Ränder.Lunge und Kopf begannen zu zittern.Ohnmacht befreite ihn von den Schmerzen. Tr sprang ins Wasser. Er tauchte und suchte in dem gischtenden Wasser nach Pan. Luftbläschen verschlechterten die Sicht. Kaum eine Körperlänge weit konnte Tr sehen. Systematisch suchte Tr den Grund des kleinen Sees in der Nähe des Wasserfalles ab. Einmal musste er schon erschöpft Luft holen. suPul war indes ebenfalls ins Wasser gesprungen und strampelte zur Mitte des Beckens. An einer Stelle drehte er enge Kreise. Tr war gerade aufgetaucht, als er suPul unweit von ihm jaulen hörte. Tr tauchte zu der Stelle ab und fand den leblosen Körper am Grund liegen. Ein Fuß war zwischen zwei Felsen, deren Spitzen nur wenig aus dem Untergrund hervorschauten, eingeklemmt. Mit einem kurzen Ruck befreite ihn Tr. Er packte Pan unter einer Achsel und zog ihn bis zum Ufer. Keuchend schleifte er Pan an Land. Tr drehte ihn so, dass der Kopf tiefer lag als der Körper und mit dem Gesicht zur Erde. Dann hob er Pans Kopf leicht an und setzte sich vorsichtig auf dessen Rücken. Wasser sprudelte aus der Lunge. Tr hob und senkte so den Brustkorb des Burschen mehrere Male. Eine recht ansehnliche Menge Wassers rann dem See entgegen. Plötzlich hustete Pan und Tr ließ sich auf die Seite fallen. Pan röchelte, würgte und hustete. Sein Gesicht war bleich und seine Zunge hatte ein helles Rosa angenommen. Seine Augen traten aus den Höhlen und Krämpfe zuckten durch seinen Körper. suPul hatte sich trocken geschüttelt und stand winselnd neben Pan. Tr sah eVre neben den Habseligkeiten der Burschen liegen und genüsslich wiederkäuen. An ihr war die ganze Aufregung spurlos vorbeigegangen. Eine Weile lang lag Pan auf einer Körperseite. Hin und wieder spuckte er Schleim aus. Er sah mit müden Augen zu Tr hinüber, der sich aufgesetzt hatte. Ihre Blicke trafen sich. Tr versuchte ein verlegenes Lächeln. Beim besten Willen konnte Pan keine Regung zeigen. Er verspürte noch ein Brennen in der Brust. Pan schaute zitternd auf den See, an die Stelle, die ihm fast sein Leben gekostet hätte. Er atmete tief ein. Dann noch einmal. Nie zuvor hatte er so viel Spaß an Luft verspürt. Er drehte seinen Kopf wieder Tr zu. Seine Muskeln mochten ihm wieder gehorchen. Ein Grinsen stahl sich auf sein Gesicht und plötzlich suchte sich die Anspannung einen Weg und Pan begann einfältig zu lachen. Zuerst schaute Tr verständnislos. Doch dann musste er mitlachen. Auch sein Körper zitterte. Ob vor Kälte oder der Anspannung, konnte er nicht sagen. Jedenfalls wärmte das Lachen. Tr sprang auf und lief zu den Gewändern hinauf. Er holte alle Sachen herunter und eVre folgte ihm protestierend meckernd. Ein Feuer war schnell entfacht, beide Burschen trocken und eines der Kaninchen enthäutet. Die Schatten wurden deutlich länger, als sie sich gestärkt auf den Heimweg machen konnten.

"Ihr seid schon ein eigenartiges Gespann."

Pan redete zum ersten Mal seit er untergegangen war. Die lange Zeit am Feuer hatte er gedankenverloren in die Flammen geblickt, das gegrillte Kaninchen nur mit einem Kopfnicken entgegen genommen. Er hatte suPul intensiv gestreichelt, wie Tr es bisher nicht bemerkt hatte.

Zuerst hatte eVre das Leben von Matee gerettet und nun Tr seines. Pan schüttelte den Kopf und lächelte. Wenn er zurückdachte und sich selbst beobachtete, kam ihm vor, dass er manchmal überheblich gewesen war, sowie Wer gegenüber.

Wer war als Suchender ins Dorf gekommen und hatte ebenfalls einen Wolf als Begleiter mitgeführt. siNac war ein Weibchen gewesen, kleiner als suPul damals und älter. Pan hatte sein drittes Jahr als Baldling gerade beendet und seit einem Jahr seinen Wolf begleitet, als Wer angekommen war. Die Wölfe waren sich aus dem Weg gegangen. suPul war zu jung und siNac zu alt, als dass sie miteinander etwas anzufangen wussten. siNac war eher distanziert und suPul merkte wohl die Würde des Alters, was Pan nicht tat. Immer wieder forderte er Wer auf, zu zeigen, was siNac konnte, wie schnell sie laufen konnte oder wie viele Kaninchen sie schon erlegt hätte. Wer musste die Aufdringlichkeit von seiner Seite ziemlich auf die Nerven gegangen sein, fand Pan selber. Jemand, der seinen zweiten Wolf führte, musste schon etwas mehr Erfahrung mitbringen, wusste, worauf es ankam. Wer hatte seiner

Wölfin viele Freiheiten gelassen, viele Instinkte gefördert und konnte an ihrem Verhalten ablesen, was siNac gleich machen würde oder was sie ihm anzeigen wollte. Wer sprach in diesem Zusammenhang davon, dass er siNac lesen konnte. Pan musste grinsen. Wer besaß auch eine besonders dicke Kolla. Lesen und Schreiben war für ihn offensichtlich besonders wichtig, in allen Bereichen.

Wanar reichte Tr einen Spieß mit einem schönen Stück vom Kaninchen. Einige betörend duftende Wurzeln lagen neben der Glut des Feuers und dampften. Zwei Krüge mit Wasser standen bereit. Pan saß im Schein des Feuers. Seine Augen folgten immer wieder den Funken in die Höhe bis sie verglüht waren.

Gesina hatte sich dazugesellt und war sehr leise geworden bei der Schilderung des Unfalls. Tana und Zo saßen nachdenklich abseits auf einem Baumstamm und hielten jeder eine Keule. Wenn sie von einem Unglück, oder wie hier, von einem Unfall hörten, hofften sie wohl unweigerlich auf das Wohlergehen Drobars.Als Tr und Pan ins Dorf gekommen waren, nahm sie kaum jemand wahr. Täglich gingen einige Männer auf die Jagd.

Neben den immer greifbaren Ziegen und gelegentlich einem Rind waren das Kaninchenfleisch und der Fisch eine willkommene Abwechslung. Pan hatte die erlegten Tiere seiner Mutter gebracht und ihr von seinem Missgeschick erzählt. Wanar war natürlich aus allen Wolken gefallen, hatte geweint, geschluchzt, Pan umarmt. Sie war aus dem Haus gelaufen und hatte Tr gesucht. Dann war sie vor ihm gestanden, hatte ihn lange angesehen, seine Hände in ihre gelegt und nur einfach danke gesagt. Sie hatte sich umgedreht, war einige Schritte gegangen. Sie war stehen geblieben, hatte sich ihm zugewandt.

"Heute Abend erfahren einige die Wahrheit."

Nun war Abend und Tr war gespannt. Hatte die Wahrheit etwas mit dem Anhänger zu tun? Welche Rolle spielte Matee im Wald? Warum waren auch Tana und Zo hier? Und Gesina? Verwirrt beobachtete Tr die Anwesenden beim

Essen. Zo sprach gerade von Lik, der ständig vom Ofenbau redete und mit anderen Männern Berge von Lehm und Sand anschleppte. Tana begleitete seine Schilderungen mit einem vielsagenden Lächeln. Sie wusste, wie sehr Zo mitfieberte. Welch eigenartige Mischung. Tr fand, dass Tana und Zo sich gefunden haben mussten. Sie, die Auseinandersetzungen vermied, schlichtete, Zorn und Vorurteile im Vorfeld erkannte und abschwächte, hatte sich einen Schmied ausgesucht, der mit roher Gewalt dem Eisen Herr zu werden versuchte. Der auch Waffen herstellte, um anderes Leben möglicherweise auszulöschen. Tr dachte dabei an deren Tochter Drobar. Ein zierliches Mädchen mit einem mächtigen Bären im Rücken mochte vielen Gefahren trotzen.Wanar räusperte sich.

"Tana und ich wollen euch etwas erzählen. Etwas von großer Tragweite. Wir alle sind davon betroffen und das Leben hier in diesem Dorf ebenfalls."

Ein gewichtiges Geheimnis. Tr konnte die Spannung in der Luft förmlich greifen. Pan sah zu seiner Mutter hinüber. Er sah ihren Blick auf sich geheftet. Unter ihrem Tecido holte sie ein Medaillon hervor. Pan erkannte es. Als Kind hatte er es längere Zeit getragen. Dann war es irgendwann verschwunden und seine Mutter hatte ihn getröstet. Sie hatte gesagt, dass es nicht so schlimm wäre. Doch nun hielt sie es in der Hand und er verstand nicht.

Wanar stand auf, ging zu Pan hinüber und legte ihm die Tonscheibe in die Hand, ging dann wieder zurück zu ihrem Platz. Pan betrachtete die Scheibe. Ein Tropfen wollte in einen Fluss fallen, doch der Rand war anders. Pan glaubte sich zu erinnern, dass der Rand ein Wellenmuster gehabt hatte. Diese Scheibe hatte ein Zickzackmuster. Pan schaute seine Mutter fragend an.

Wanar drehte sich Tr zu und forderte ihn mit dem Heben ihrer Augenbrauen und dem Nicken ihres Kopfes auf zu berichten. Pan runzelte die Stirn. Was hatte Tr damit zu tun? Schön, er hatte in den letzten drei Tagen zwei Menschenleben gerettet. Aber was konnte Tr mit einer Tonscheibe zu tun haben, die vor zehn Jahren verschwunden war? Nein, nicht verschwunden. Sie war in anderer Gestalt wieder aufgetaucht. Warum hatte seine Mutter diese Scheibe?

"Matee hat sie mir gegeben."

Tr schaute von Pan weg ins Feuer. Es war ihm unangenehm, ein Geheimnis gehabt zu haben. Matee? Und es war nicht dieselbe Scheibe, nur eine ähnliche und sie sagte dasselbe aus. Beide Scheiben hüteten dasselbe Geheimnis. Pan war verwirrt.

Wanar holte unter ihrem Tecido eine weitere Scheibe hervor und reichte sie Tr, der sie an Pan weitergab. Pan erkannte sie als die, die ihm verloren gegangen war.

„Bei der letzten Begegnung war ich schwanger und habe einen Buben zur Welt gebracht."

Pan verstand seine Mutter. Ja sicher, er war das gewesen.

"Zwei Tage später starb mein Kind."

Wanars Gesicht verzog sich in ihrem Schmerz zu einer Grimasse. Eine alte Wunde platze auf, zerriss verheilt Geglaubtes. Tränen rannen Wanar übers Gesicht. Pan glaubte seinen Ohren nicht zu trauen. Einen Sohn hatte sie gehabt, tot? Und wo kam er, Pan, her? Seine Gedanken rasten. Wie unter Wasser fühlte er sich.

Kein Ausweg in Sicht, keine Hand, die ihn hinaufzog. Zum zweiten Mal an diesem Tag drohte er zu ertrinken. Matee! Sie hatte ein zweites, ähnliches Medaillon. Pan blickte über das Feuer zu Wanar hinüber, zu seiner Mutter. Seiner Mutter? War sie seine Mutter? Seit er denken konnte, war sie seine Mutter. Sie hatte ihn aufgezogen, ihm zu essen gegeben, seine Wunden versorgt, ihn getröstet, geschimpft, wenn es notwendig war. Ihm die Grenzen des Erträglichen gezeigt, ihm die Freiheit gegeben, seine Erfahrungen zu machen. Sein Blick schweifte zu Tr. Tr zuckte mit den Schultern. Er mochte keine Antwort geben können.

"Meine Mutter hat mir von ihrer Mutter erzählt."

Ral war die Großmutter von Tana gewesen. Ral war vor zehn

Jahren gestorben und unvorstellbare 92, kwa-tr-uni, Jahre alt geworden. Ral war noch dabei gewesen, als Matee vor 17, tr-ti-uni, Jahren einen Buben zur Welt gebracht hatte. Doch da Matee keinen Mann gehabt hatte, der mit ihr Bett und Tisch geteilt hätte und auch keinen Lendenfunken in der entsprechenden Zeit vorher, war das Gerücht aufgekommen, sie wäre eine Hexe. Wie Tana erfahren hatte, war das Gerücht damals von Ral in die Welt gesetzt worden. So war Matee vertrieben worden, doch ihr Kind, ein Sohn, war im Dorf geblieben.

Pan ergriff die Hand, die sich ihm bot. Jemand zog ihn sprichwörtlich aus dem Wasser. Er begann zu verstehen. Er war das Kind Matees! Wanars Kind war gestorben und er war bei Wanar aufgewachsen. Wie ein Faustschlag traf es ihn ins Gesicht. All die Jahre! Es hatte ihm an nichts gefehlt, er hatte sich geliebt gefühlt, er hatte gelernt, er hatte erfahren, er hatte Halt gehabt. Und doch...Wie vertraut war ihm Matee in ihrem kurzen Gespräch vorgekommen. Kurz. Die ganze Nacht hatte es gedauert. Pan saß stumm da.

„Wer war dann aber mein Vater?"

Eine Ewigkeit schien es gedauert zu haben, doch nun stellte Pan die Frage, auf die Tana gehofft hatte. Niemand der Umsitzenden hatte gesprochen. Alle hatten gefühlt, dass Pan Zeit gebraucht hatte, um Luft zu holen. Er musste erst ins hier und jetzt zurück finden, bereit sein durchzuatmen.

"Das ist etwas, das unser gesamtes Dorf betrifft und viele der Suchenden, die vorbeikommen."

Pan hob erstaunt die Augenbrauen.

Tana hatte die Männer und die Frauen in ihrem Dorf immer schon beobachtet. Sie konnte beschreiben, welche Besonderheiten sie hatten, wie sie aussahen und sie erinnerte sich auch an die vielen männlichen Suchenden, die vorbeigekommen waren und wieder weitergezogen waren. Als Mädchen mit ungefähr zehn Jahren hatte Tana angefangen, sich Gesichter und Verhaltensweisen zu merken. Es war erst ein lustiger Zeitvertreib. Als sie dann siebzehn war und ihre erste Begegnung erlebte, waren viele Frauen im Dorf schwanger gewesen und hatten Kinder bekommen. Diese Kinder wuchsen auf und Tana bemerkte bei manchen Kindern Verhaltensweisen und körperliche Merkmale, die nicht mit deren augenblicklichen Vätern zusammen passten. Vielmehr beobachtete sie Gemeinsamkeiten mit einigen jener männlichen Suchenden, die Jahre zuvor das Dorf besucht hatten.

Tr und Pan runzelten die Stirn. Gesina schnappte erschrocken nach Luft. Ob Lendenfunke oder Schenkelwärmer, die meisten Suchenden zogen weiter, wurden erst gegen Ende der Kohee sesshaft und heirateten im jeweiligen Dorf.

Tr dachte an seinen Vater. Seinen Vater? Welchen? Den, den er kannte? Oder hatte seine Mutter dereinst ebenfalls einen Schenkelwärmer gehabt? Es zählte zu einem der Rätsel, wie man wohl selber aussah. Die Menschen konnten das Gesicht ihres Gegenübers beschreiben, sich jedoch nie selber sehen. An der Wasseroberfläche war das ansatzweise möglich, doch immer störte auch nur die kleinste Welle. Sah er seinem Vater ähnlich oder doch nicht? Unruhe erfasste ihn.

"Ich kannte deinen Vater."

Tana sprach weiter. Pan blickte zu ihr hinüber.

Ein Lächeln umspielte ihre Lippen.

"Du bist sein Ebenbild."

Set hatte einen Wolf als Begleiter gehabt. Ein unbändiges Tier, das dem Dorf mehrere Ziegen gekostet hatte. Set war eine wandelnde Kolla gewesen, war aber nur kurz geblieben, kurz genug um Lendenfunke für Matee gewesen zu sein. Sieben Jahre später war Pan auf die Welt gekommen. Kein Wunder, dass das Gerücht über eine Hexe verbreitet werden konnte.

"Nach dem Unfall heute Mittag haben wir uns entschlossen, endlich die Wahrheit zu sagen."

Wanars Stimme zitterte. Sie wollte keine Halbwahrheiten oder Lügen mehr verbreiten. Irgendetwas im Körper der Frauen und Mädchen speicherte Leben um es zur großen Begegnung wachsen zu lassen. Tr und Pan sollten verstehen, wenn sie selber in ihrer Kohee jemals Schenkelwärmer sein sollten.

Gesina verstand ebenfalls. Dies schien kein Gerücht zu sein. Die Vermutungen wurden durch Beobachtungen bestätigt. Sie kannte Ähnliches von Kaninchen, Hirschen und Wildschweinen. Sie konnten in guten Jahren früher, in schlechten Jahren später ihre Jungen werfen. Schlangen, Eidechsen, Igel froren sozusagen über den Winter ein und erwachten bei günstigem Wetter. Welche Schlussfolgerungen mochte das für den Menschen bedeuten?

"Gesina!"

Wanars strenge Stimme beendete ihre Gedanken, die sie offensichtlich laut ausgesprochen hatte.

Pan blickte gegen den Himmel. Die Grille begann ihren Weg. Viele Gedanken huschten durch seinen Kopf. Er wollte in Ruhe nachdenken. Zwei Leben hatte er heute verloren. Welcher Mensch hatte schon die Gelegenheit, zwei neue geschenkt zu bekommen? Pan stand auf. Er ging um das Feuer und stellte sich vor Wanar. Er hielt seine Hände hin und wartete, bis Wanar ihre in seine gelegt hatte. Wanar stand auf. Lange blickten sie einander in die Augen.

Dann umarmte Pan sie.

"Danke."

Tr blickte Pan nach, der in der Dunkelheit verschwand. Wanar setzte sich wieder.

"Wir hätten noch eine Sache zu....nun ja, richtig zu stellen."

Tana stand auf und kam zu Tr herüber. Am nächsten Morgen wollten die Frauen losziehen und Matee ins Dorf zurückholen. Pan würde sicher mitgehen und Wanar wollte Tr mitnehmen.

"Das Dach, unter dem du wohnst, gehörte früher Matee."

Tr verstand. An diesem Abend wollte er noch unter dem Dach schlafen und morgen eine neue Bleibe suchen. Wanar und Tana waren dankbar dafür. Alles andere wollten sie richten, wie es sich fügen sollte.

eVre meckerte leise, als Tr sehr spät, oder besser gesagt sehr früh unter sein Dach kam.

„Der Held kehrt heim."

Tr erschrak, fasste sich aber sofort. Er hatte vergessen, dass seine Bettstatt unter Beobachtung stand.

Noch immer wusste er nicht, wer sich im Dunkel versteckte. Die Stimme kam nicht von der Wand wie an diesem Morgen, sondern unverkennbar aus der Ecke, in der das Bett lag. Tr war verunsichert durch das Gespräch an diesem Abend und mehr denn je sicher, kein Schenkelwärmer zu sein, nicht diese Nacht. Er wusste nicht was er tun sollte. Stehen bleiben war unsinnig, sich auf den Hocker setzen und einschlafen war unbequem. Es blieb ihm nur eine Möglichkeit. Tr legte sich zu eVre auf die alte Betteinlage vor dem Eingang.

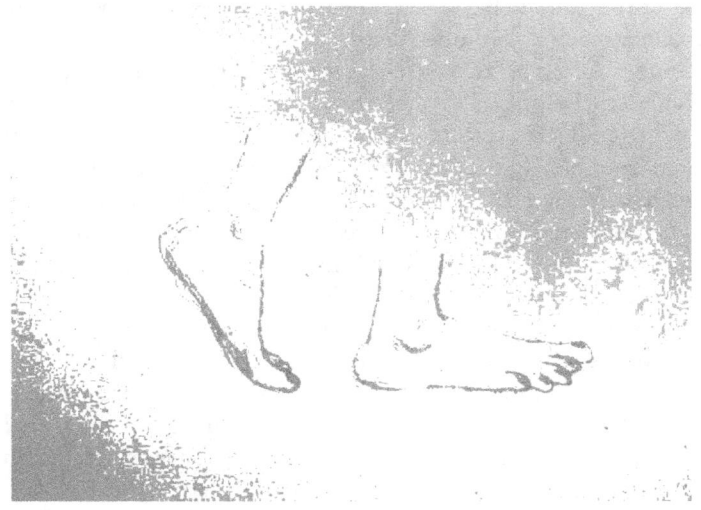

Im Morgengrauen huschte ein Schatten mit nackten Füßen an Tr vorbei. Er sah gerade noch einen graugrünen Stoff am oberen Ende der Stufen verschwinden. Er rollte sich von eVre weg, sprang auf die Füße und stürmte die Stufen hinauf. Einige Dorfbewohner waren schon auf den Füßen, doch sie beachten weder Tr noch irgendjemand anderen,der über den Platz gelaufen wäre.Ein wichtiger Tag stand bevor. Noch vor dem Abend würde so manchen ein Licht aufgehen. In einigen

Familien könnten Schwierigkeiten auftreten. Würden die Bewohner des Dorfes diese Situationen meistern? Tr hätte in diesem Zusammenhang gerne mehr über sich selber erfahren. Aber das würde für immer ein Geheimnis bleiben. Die Sonne war am Horizont noch nicht zu sehen,aber Wanar und Tana waren schon auf den Beinen. Pan kam gerade unter dem Dach hervor. Pan trug beide Tonscheiben um den Hals. Seine Hisa war geputzt und speziell eingefettet. suPul lief aufgeregt um seine Beine. Tr rief nach eVre. Die kleine Gruppe setzte sich in Bewegung. Es ging den bekannten Weg zurück in die Hügel. Der Fluss begleitete sie mit seinem Rauschen und ließ sie an einer Furt gefahrlos übersetzen. Wolkenfetzen zogen über den Himmel. Hier im Wald war ein leichtes Lüftchen zu spüren. Eine Rinderherde kreuzte den Weg der Gruppe. Tr verspürte ein vertrautes Gefühl. Die mächtigen Tiere trotteten gemächlich dahin und trotzten den Gefahren, gaben anderen Lebewesen sogar Sicherheit, wenn sie sich in deren Nähe aufhalten durften. Die Sonne begann zwischen den Bäumen schon recht steil hereinzuscheinen, als die Gruppe im lichteren Wald ankam. Es würde nicht mehr lange dauern und sie würden die Höhle finden. Der Wind wurde stärker, die Wolken verdichteten sich. Ein Gewitter würde über den Wald hereinbrechen. Tr und die Frauen klaubten Holz, Pan suchte den Weg zu den übereinander getürmten Felsen, an denen sie vor ein paar Tagen vorbei gekommen waren. Bei diesem Wetter konnten sie sowieso nicht alle in die Höhle, aber die Felsen mochten genug Platz bieten. Die ersten Regentropfen fielen vom Himmel, als Pan nach vorne zeigte. Er hatte die Felsen gefunden. Rasch drängten sich alle durch die Spalten. Innen fanden sie zwar genug Platz, aber es zog unangenehm. Ein Feuer sollte ihre Lage verbessern. Der einsetzende Regen fand in Rinnsalen seinen Weg nach innen. Von den Steinkanten tropfte es herunter. Tr musste ein wenig zur Seite rücken, sonst wäre er nass geworden. Die beiden Frauen saßen aneinandergedrückt auf einigen Zweigen. suPul hatte den Schwanz eingezogen

und stand an eine Wand gelehnt. Wie ein Schleier fiel der Regen draußen vom Himmel. Es krachte öfters markerschütternd und Blitze tauchten die Bäume in grelles Licht. Eine unvorstellbar laute Explosion ließ sie alle zusammenzucken. Licht brannte in ihren Augen, Stein splitterte und die Erde bebte. Staub wurde im Inneren aufgewirbelt, kleine Steinchen fielen von oben herab. Das Lagerfeuer flackerte kurz. Ein fauliger, brenzliger Geruch wehte durch die Spalten von außen herein. Ein Blitz musste einen der Felsen getroffen haben. Tr erinnerte sich mit Schaudern davon gehört zu haben, dass Blitze auch manchmal am Boden weiterlaufen würden. Nicht auszudenken, wenn ein solcher Blitz zwischen die Spalten hereingefunden hätte. Noch einige Male blitzte und krachte es nahezu gleichzeitig, dann schien sich das Gewitter zu verziehen. suPul knurrte und drehte sich zu einem der Spalten. Pan wandte sich ihm aufmerksam zu. Er hielt seine Hisa fest umklammert. Auch Tr hatte seine genommen. Plötzlich fing suPul an mit dem Schwanz zu wedeln und leise zu fiepen. Eine Gestalt in braunem Stoff und einer Art Lederkappe trat durch den Spalt herein. Hinter sich her schleifte sie den Körper eines Rehes. Einen Moment lang blieb es still. Pan hatte sich erhoben. Er lehnte seine Hisa an den Fels neben sich und schritt um das Feuer herum auf die Gestalt zu. Das tote Reh glitt auf den Boden. Beide Hände streiften die Haube zur Seite. Matee. Pan hob seine Hände und wartete. Matee legte ihre in seine. Sie blickten einander lange an. Wortlos schienen sie sich zu verständigen. Tränen rannen beiden über die Wangen, oder war es das Regenwasser,das von den Steinen tropfte?
"Das Band war nie zerrissen. Es war nur vergraben."
Tana hatte Wanar bei der Hand genommen und sie ebenfalls zu Matee geführt. Matee ließ die Hände los. Steif schaute sie die Frau sich gegenüber an. Konnte sie etwas dafür? War jene Frau dafür verantwortlich, dass sie vertrieben wurde? Pan nahm beide Frauen am Ellenbogen. Er war das Bindeglied

zwischen den Frauen. Er hatte von beiden Frauen etwas in seiner Seele. Er konnte beide nicht leugnen. Würden sie das verstehen?

"Ich möchte alles über ihn wissen."

Matee brach das Schweigen.

"Wir hätten noch einen anderen Wunsch."

Tana trat an Matee heran. Im Dorf würde es zum großen Umbruch kommen. Wenn es hart auf hart ginge, würde keiner mehr dem anderen glauben.

Väter wären keine Väter mehr und ihre leiblichen Söhne waren Jahresreisen entfernt. Söhne mochten ihren Müttern Vorwürfe machen. Doch dieses Wissen durfte nicht mehr verheimlicht werden. Die Burschen, die in ihrer Kohee umherziehen würden, mussten es wissen, ebenso die Mädchen, die zuhause blieben und sich womöglich Lendenfunken wählten, mussten es wissen. Etwas, das immer schon so war, aber nicht als solches erkannt worden war, musste bewusst gemacht werden. Bisher waren alle Menschen der Meinung gewesen, dass die Vergangenheit ruhen würde, sie nicht einholen würde. Doch aus ihrem intimsten Bereich heraus wurde die Dorfgemeinschaft erschüttert. Würden beide Seiten nachsichtig sein? Würde es Vorwürfe geben, vielleicht sogar Zerwürfnisse? Oder würde man sich aussprechen, Eingeständnisse machen? Matee musste helfen, konnte helfen, da sie tr-ti-uni Jahre lang unter Missverständnissen und Vorurteilen gelitten hatte. Zunächst schüttelte Matee verneinend den Kopf. Aber auch sie hatte sich in den letzten beiden Tagen Gedanken über die augenfälligen Ähnlichkeiten gemacht, die Pan mit seinem leiblichen Vater hatte. Also gut, sie würde mitgehen. Sie wollte noch Zeit mit Pan verbringen, der ja in den nächsten Tagen aufbrechen wollte. Doch die Fallen mussten abgebaut werden. Pan wollte das am nächsten Tag mit Matee bewerkstelligen. Tr sollte mit Tana und Wanar schon ins Dorf zurückkehren. Der Regen hatte aufgehört. Von den Ästen tropfte es noch. Als die Menschen die Felsen verließen, sahen sie, was der Blitz angerichtet hatte. Ein großes Stück Fels war abgesplittert und seine Teile lagen in der Umgebung weit verstreut. Einige Gesteinssplitter steckten in der Rinde naher Bäume. Auf dem Weg zur Höhle sahen sie einen Baum, der vom Blitz gestreift worden war. Schwarze Spalten zerfurchten von unten nach oben eine Seite des Stammes. Mehrfach rutschten die Menschen auf dem nassen Untergrund aus. Doch zu guter Letzt erreichte die Gruppe wohlbehalten die Höhle. Die wenigen Habseligkeiten waren schnell zusammengerichtet. Während vor der Höhle ein Feuer brannte, an dem Matee und Pan sicher noch lange reden würden, ihre Erfahrungen vergleichen und ihre Erlebnisse der letzten Jahre austauschen würden, verabschiedeten sich die anderen drei und machten sich auf den Weg ins Dorf.

Der Fluss führte etwas mehr Wasser und die Furt war für eVre schwieriger zu überqueren. Sie rutschte auf den Steinen im Wasser aus, so wie die Menschen auch. Wanar hielt sich einmal erschrocken an Tana fest und hätte sie beinahe zu Fall gebracht. Gegen Abend erreichten sie wieder das Dorf. Die Sonne war noch über den Bäumen im Westen zu sehen. Einige Zeit war es noch hell. Gesina hatte schon ganze Arbeit geleistet und die Dorfbewohner verunsichert. Kaum jemand schenkte ihr Glauben oder wollte es. Selbst Wanar und Tana wurden mit argwöhnischen Blicken bedacht. Eine Beratung, eine Zusammenkunft, die Verkündung einer wichtigen Angelegenheit stand an. Diesen Abend oder nächsten, wenn Matee ebenfalls hier war? Die Dorfgemeinschaft musste einen Tag Ungewissheit ertragen. Wanar wollte warten.

Tana hatte mit der Bürde zu kämpfen, die Enkelin von Ral zu sein. Seit Menschen Gedenken hüteten die Frauen die Traditionen eines Dorfes. Es war ihre Aufgabe, die Traditionen zu bewahren, weiterzugeben, Gedankengut weiterzugeben, das die seelische, aber auch die körperliche Gesundheit gewährleistete und allen Unbill fern hielt.

Wie war das mit der Änderung von Traditionen? Wenn eine falsch war, musste man sie sofort ändern oder nach und nach? Tana beschloss an diesem Abend klare Gedanken zu bekommen.

Sie wollte alles abwägen und mögliche Konsequenzen durchdenken. Im Dorf gab es derzeit 113, kwa-kat-to-uni, Frauen und Mädchen. Männer sollten es ungefähr so viele sein. Doch 27, kat, Burschen waren schon auf ihre Wanderung gegangen. Konnten alle die Wahrheit ertragen? Tana sah hinüber zum Dach, unter dem Tr gerade verschwand. Mit dem Eintreffen dieses On hatte das Chaos begonnen, der Sturm, der alles Alte davontragen und das übrige reinigen würde.

Tana blickte auf den Platz vor sich. Lik hatte mit den Männern schon einen riesigen Haufen Lehm und Sand aufgeschichtet. Am nächsten Tag sollten die Arbeiten zum Ofen beginnen. Neuerungen, Verbesserungen. Die Sonne setzte sich auf den Horizont, rutschte hinter die fernen Ebenen. Ihr Licht versuchte noch lange den Himmel in ein schillerndes Leuchten zu tauchen. Bis spät in die Nacht konnte man noch Schemen erkennen, Dorfbewohner, die zur Fall-Ab gingen, von gegenseitigen Besuchen unters eigene Dach zurückkehrten. Manchmal schlich ein Fuchs oder ein Dachs durch das Dorf, sogar Rehe konnte man beobachten. Erst gegen Mitternacht wurde es so richtig dunkel. Dann, wenn man unten nichts mehr sehen konnte, musste man den Blick in die Höhe richten. Wie viele Sterne mochten dort oben hängen? Tana lächelte. Seit vielen Generationen wusste man, dass die Sonne und die Sterne Verwandte waren. Auch dieses Wissen war plötzlich da gewesen. Doch die Entwicklung des Verständnisses für dieses Wissen hatte lange gebraucht. Die nächste Frage müsste lauten: Warum?

Tr zögerte.

Er wollte sich schlafen legen, doch ein Gefühl riet ihm, sein Dach nicht zu betreten. Leise Schritte näherten sich von der Seite. Tr blickte nur kurz in jene Richtung. Barfuß, blaugraues Gewand. Tr wusste, wer sich näherte. Er blieb stehen.

„Ich weiß gar nicht, mit wem ich es zu tun habe."
Tr fühlte sich unwohl. Sie wusste doch schon mehr über ihn, als er von ihr. Ein Gleichgewicht war nicht hergestellt. Wie sollte man einem Menschen entgegentreten, der nichts von sich preisgeben wollte?
"Ist das so wichtig?"
Für Tr war es wichtig. Es blieb lange still.
Tr hörte nur ihren Atem.
Unter der Hütte drang ein leises Meckern hervor.
"Setina."
Tr gefiel der Name. Sie war etwas kleiner als er und ihre Haltung entsprach der einer reiferen Frau. Setina würde tatsächlich ihre zweite Begegnung erleben. Den ganzen Tag über war im Dorf das Gerücht gegangen, dass Väter nicht die Väter der Söhne waren und die Vergangenheit in die Zukunft reichte.

Schon seit Jahren hatte Setina die schiefen Blicke der Dorfbewohner auf sich gespürt. Jedem neuen Suchenden war sie nachgelaufen, fast jeder neue Suchende war ihr Lendenfunke gewesen. Viele Frauen im Dorf wussten davon. Doch ihre Begierde hatte nie nachgelassen, es drängte sie nahezu dazu. Setina hatte nie daran gedacht, eine hohe Zeit mit einem Mann zu teilen oder ein Kind zu bekommen.

Doch nach dem vergangenen Tag musste sie annehmen, dass schon längst ein Kind darauf wartete, wachsen zu können. Unbewusst strich sich Setina über ihren Bauch. Sie würde jahrelang nicht wissen, wer der Vater war. Aber auch das war nicht wichtig. Sie hatte eine Aufgabe. Sie wollte ihr Kind in eine neue Zeit führen. Die Traditionen würden sich ändern und sie war ein Teil dieser Änderungen.

Tr dreht sich ihr zu. Sie hüllte ihr Gesicht in eine Kapuze, die sie mit ihren langen Fingern festhielt.
Die Gesichtszüge waren kaum zu erahnen, die Nase war lang und schmal.
Setina hielt den Kopf gesenkt als wollte sie etwas verbergen.
"Begleite mich ein Stück."
Tr verstand die Aufforderung.

Sie wollte etwas erzählen, konnte den Anfang jedoch nicht finden. Setina schlug einen Weg ein, der sie vom Dorf wegbrachte. Ein alter Baumbestand zeigte an, dass die Dorfbewohner hier nicht allzuviel in die Natur eingriffen. Es war schon dunkel geworden und Tr sah recht unscharf längliche Steine, die aus der Erde ragten, manche an einen Baum geschmiegt. Manche waren umgefallen, manche zeigten eine hellere Farbe. Viele Steine hatten einen kurzen Pflock als Begleiter daneben. Begleiter. Dies waren Gräber, Gräber von Dorfbewohnern und deren Begleitern!

Setina schritt zu einem der Steine, der ebenfalls von einem Pflock begleitet wurde.

"Hyl."

Er musste etwas Besonderes für Setina gewesen sein. Ehrfürchtig kamen die Worte aus ihrem Mund.

So groß wie sie war er gewesen. Einen Wolf hatte er als Begleiter gehabt und beide waren zugleich gestorben. Tr wagte nicht zu fragen. Setina würde weiter erzählen, wenn ihr danach war. In der Dunkelheit war sie kaum mehr zwischen den Baumstämmen zu erkennen. Ihre Stimme schien aus der Finsternis zu kommen. Tr schauderte.

Hyl war Heiler gewesen. Er kannte sich mit Krankheiten aus, mit der Gesundheit und vor allem mit dem Körper. Er sah ihn als Objekt seiner Forschungen, weniger als …, nun ja, Zeitvertreib. Sie hatten sich ein lauschiges Plätzchen gesucht für ihre Zweisamkeit und waren an einem Nachmittag lange dort oben in den Hügeln geblieben. Sie waren eingeschlafen und wachten erst gegen Abend wieder auf. Setina hatte ihm lachend sein Messer weggenommen und war davon gelaufen. Lachend war er ihr gefolgt. Sie waren durch Gestrüpp und an hohen Bäumen vorbei gelaufen. Setina hatte die Richtung zur Klamm eingeschlagen. Von einer Stelle aus konnte man weit in beide Richtungen sehen. Das Wasser schäumte nach einem ergiebigen Regenguss über die Steine im Flussbett. Über steile Wände ging es wohl achtzehn, tri, Mann hoch zum Fluss hinunter. Setina war stehen geblieben und hatte über die Schulter gesehen. Sie hatte Hyl gelockt und noch mehr aufgestachelt. Er war immer schneller geworden und hätte sie vielleicht umgerannt. So war

Setina im letzten Moment zur Seite getreten. Hyl war auf dem nassen Gras ausgerutscht und in die Tiefe gestürzt. Sein Wolf war knapp hinter ihm gewesen und hatte noch rechtzeitig stehen bleiben können. Hyl war mit einem Aufschrei im schäumenden Wasser verschwunden. Sew, der Wolf, war oben gestanden. Immer wieder hatte er versucht mit seinen Pfoten Halt zu finden und zu Hyl hinunter zu klettern. Doch auch er rutschte bald aus und jaulend war er ebenfalls in den Fluten versunken. Setina war starr vor Schreck stehen geblieben und hatte ungläubig in die Tiefe geblickt. Dann war sie zusammengesackt und hatte geschrien. Erst nach geraumer Zeit hatte sie die Tragweite des Geschehenen begriffen und war ins Dorf zurückgelaufen. Drei Tagen hatten die Männer des Dorfes gesucht. Erst als das Wasser zurückgegangen war, konnten sie den Wolf finden. Er war an einen Felsen gespült worden und dort zwischen Steinen liegen geblieben. Seine Knochen waren zertrümmert worden, das Fell an mehreren Stellen aufgerissen. Nach langer Suche hatten die Männer auch Hyl gefunden. Sie erzählten Setina keine Einzelheiten, aber sie hatte ihn gesehen, als sie seinen Körper ins Dorf gebracht hatten. Seine rechte Gesichtshälfte fehlte. Nasenbein und Kiefer waren offen. Am rechten Arm stand ein Knochen heraus. Der Brustkorb war zerfetzt gewesen und die Gedärme lagen aufgewickelt neben seinem Körper. Einen der Füße hatten sie abseits gefunden. Setina hatte geschluckt, war dann in den Wald gerannt. Sie war weit gerannt, sehr weit. Dann hatte sie geschrien, geschrien und geschrien. Eben noch hatte er mit ihr gescherzt und von einem Moment zum anderen war er nicht mehr da. Dann war er wieder da, aber entstellt und tot. Tot. Er würde nicht mehr mit ihr um die Wette laufen, keine stille Zeit im Wald verbringen, nicht mehr gemeinsam am Feuer sitzen oder Fisch essen. Eine Frau aus dem Dorf hatte sie im Wald gesucht und wieder zurück gebracht. Hyl war bereits begraben worden und sein Wolf neben ihm.

Zwölf Jahre war dies nun her, aber es schmerzte immer wieder. Sie konnte einen Suchenden verabschieden, mit einem Kranken ein letztes Mal sprechen, einem Sterbenden eine gute Wandlung wünschen.

Aber Hyl hatte sie nicht verabschieden können, das würde ihr immer nachhängen.Setina drehte sich um und ging langsam ins Dorf zurück. Tr folgte ihr. Am Waldrand blieb sie stehen, wartete, dass er aufschließen würde. Sie blickte zum Himmel, betrachtete die Dächer, als sehe sie sie zum ersten Mal, ließ ihren Blick über den Platz schweifen.

Setina klopfte Tr seitlich auf die Schulter, drückte kurz seinen Oberarm und ging zwischen den Dächern davon. Tr dachte noch eine Weile über Setina nach. Sie hatte schwer zu tragen. Nicht, dass sie über den Tod eines geliebten Menschen nicht hinüberkäme. Ihre Gefühle und Triebe schienen sie fest im Griff zu haben. Jenen Gefühlen konnte sie nicht entfliehen, sie zwangen Setina immer wieder in eine bestimmte Richtung. Im Grunde war sie immer alleine. Sie konnte nicht in die Tiefe fühlen, wie Tana es ausgedrückt hatte. Tr schüttelte den Kopf und schlenderte langsam zu seinem Dach zurück.

Ein neuer Tag erwachte. Ein Tag, der viel Arbeit, viele Gespräche bringen würde. Lik war schon aufgeregt auf den Beinen. Er hatte sich von Zo eine Schaufel geborgt und stand nun in der Mitte des Platzes. Als Tr unter seinem Dach hervorkam, winkte ihm Lik zu. Erst wollten die Männer ein Loch graben, eine Vertiefung, sie ordentlich mit Lehm und Sand auskleiden, dann beginnen die Wände aufzuschichten. Dazwischen würden die Frauen etwas zu essen und vor allem zu trinken bringen. Während des Vormittags arbeiteten drei Männer mit Lik und Tr. Jeder hatte seine Aufgabe. Es musste Wasser geholt werden, Lehm und Sand vermischt und geknetet werden, dann dick auf den Untergrund aufgesetzt werden. Lik kontrollierte mit einem Stab die Dicke der Wand, mit einem anderen Stock den Durchmesser, der sich in die Höhe vergrößerte, dann wieder langsam kleiner wurde. Oben sollte eine Öffnung bleiben. Lik entschied, dass zwei Handbreit genügen mussten. Tr fand, dass seine Zeichnungen und Beschriftungen gut umgesetzt wurden. Auch die untere, seitliche Öffnung für die Schlacke war zwei Handbreit offen und ging in eine Rinne über, an der man den heißen, unbrauchbaren Rest herauskratzen und abkühlen lassen konnte.

Die Sonne hatte ein Viertel ihres Weges über den Himmel

gezogen, als einige Frauen kamen, um den Männern frisches Wasser zu bringen. Eine der Frauen hatte zwei hässliche Narben, die quer über ihr Gesicht liefen. Tr sah sie nur kurz an, wollte sie nicht zu sehr anstarren. Doch der Blick genügte, um ihm zu sagen, dass die Narben von einem Messer verursacht worden sein mussten. Außerdem war ihm die lange, schmale Nase aufgefallen. Irritiert blickte Tr auf ihre Hände. Ihre Finger waren lang, von Wind und Wetter leicht gegerbt. Mit einem Lächeln nahm er das Wasser entgegen. Setina hatte ein Tuch eng um ihre Schultern geschlungen, Kinn und Mund ebenfalls bedeckt. Tr konnte an den Augen alleine nicht den Ausdruck ihres Gesichtes deuten. Setina blinzelte, wusste nicht, ob sie Tr anschauen sollte oder nicht. Als Tr die Schweineblase voll Wasser ausgetrunken hatte, gab er sie Setina zurück. Sie nahm sie ihm rasch ab und drehte sich weg. Sie sammelte die anderen Blasen ein und überließ es den anderen beiden Frauen, die Fische auszuteilen. An diesem Tag wollten die Männer noch die Hälfte des Ofens aufbauen und am nächsten Tag dann den oberen Teil aufsetzen. Als die Sonne am höchste stand, hörte Tr plötzlich lautes Geschrei. Der alte Mann, der die Ziegen und einige Rinder hütete, kam angerannt. Er fuchtelte wild mit seiner Hisa und rief unverständliche Wörter. Erst als er näher kam, verstand Tr etwas von Hexe und Pan. Tr warf die Tonkugel, an der er gerade geknetet hatte, zur Seite und rannte dem Mann entgegen. Der Alte konnte sich gar nicht mehr beruhigen. Tr schätzte ihn auf 68, ki-tr-to-uni, Jahre. Er würde heuer seine vierte Begegnung erleben. Es war noch nie vorgekommen, dass eine Hexe wieder ins Dorf zurückgekehrt war. Einige andere Dorfbewohner scharten sich bereits um ihn. Manche schüttelten die Köpfe, andere blieben still. Eine Frau bekräftigte die Meinung des Alten. Tr sah Tana heran eilen. Sie hatte einen angespannten Ausdruck in ihrem Gesicht und band sich ihren Tecido enger um die Hüften. Hilfe suchend sah sie zu Tr hinüber. Er konnte nur mit den Schultern zucken. Er würde Pan und seiner Mutter beistehen, keine Frage. Aber Tana und Wanar mussten den Menschen in diesem Dorf einiges begreiflich machen. Wanar schloss ebenfalls zu der doch schon recht großen Menschenmenge auf. Sie erhob ihre Stimme um besser gehört zu werden, doch die Leute waren zu viele. Sie redeten durcheinander und niemand beachtete sie. Plötzlich regnete es Erde und kleine Steinchen und die Leute zogen die Köpfe ein. Nun hatte sich Wanar Gehör verschafft. Sie lud alle, die es wissen wollten, ein auf den Übungsplatz zu kommen. Dort wollten sie alles erklären. All jene, die hier gestanden waren, setzten sich in Bewegung. Manche liefen zu ihren Dächern und holten noch andere Familienmitglieder. Manche verschwanden im Wald und kamen mit anderen Bewohnern wieder heraus. Tr meinte an die 120 Leute zu zählen. Noch während sie zum Platz fluteten, kam Matee mit Pan im Dorf an. Ungläubige Blicke trafen sie, manche abweisend, manche freundlich, einige sehr reserviert, andere wieder abwartend. Pan und Matee betraten den Übungsplatz und gingen an den Reihen der stehenden Menschen vorbei. Im rückwärtigen Teil des Platzes lagen Baumstämme, auf die sich Matee, dann Tana und Wanar sowie Tr setzten. Pan war stehen geblieben. Er erhob seine Stimme und mit einem Male war es schlagartig ruhig. "Viele von euch wissen, was vor 17, tr-ti-uni, Jahren passiert ist."

Ein Murren ging durch die Menge. Pan war weggenommen worden, Matee verstoßen worden und niemand hatte etwas dagegen unternommen. Nein, kein Vorwurf, eine Feststellung! Alle hatten Ral geglaubt, die ihnen erzählt hatte, dass etwas nicht mit rechten Dingen zugehen könne, wenn ein Kind ohne Vater oder zumindest ohne Lendenfunke zur Welt käme. Ja, vor der letzten Kohee war es noch Tradition. Doch dann war Pan da gewesen und seinem Vater immer ähnlicher geworden. Es war Gewissheit, dass die Kinder ihren Eltern oft ähnlich sahen. Genauso war es Gewissheit, dass ein Sohn seinen Vater nicht leugnen konnte, wenn er ihm immer ähnlicher wurde, was natürlich auch umgekehrt zutraf. Wanar erzählte von jenem Lendenfunken, den Matee lange vor der letzten großen Begegnung gehabt hatte. Pan war ihm sehr ähnlich. Seine Bewegungen, seine Stimme und seine Vorlieben entsprächen dem seines leiblichen Vaters. In der Menge rumorte es. Einige Männer und Frauen erinnerten sich an Set. Sie konnten Wanar in vielen Dingen beipflichten. Aber was hatte das für Auswirkungen auf die Dorfbewohner? Einige Männer schwiegen bereits betreten und einige der Frauen tuschelten miteinander. Manche von ihnen grinsten breit, andere lächelten in sich hinein. Doch die meisten machten ein bekümmertes Gesicht. Einige der jungen Mädchen, die heuer ihre erste Begegnung erleben würden, runzelten die Stirne und sahen von ihren Müttern zu ihren Vätern und wieder zurück. Die Tragweite der Erkenntnis begann über den versammelten Dorfbewohnern zu schweben. Wie ein Bienenschwarm begann es zu summen. Erst erschreckt, aufgeschreckt, dann böse. Wann würden sie übereinander herfallen? Es war nur mehr eine Frage der Zeit, dann... Matee erhob sich. Sie nahm ihre Hisa in die Hand und schritt langsam in die Mitte des Platzes. Die meisten Dorfbewohner waren froh, dass ihre Unsicherheit, ihre Verunsicherung, ihr Ärger, möglicherweise ihr Zorn nun einen Punkt hatte, auf den sich alles konzentrieren konnte. Einige böse Worte wurden gerufen, einige Zurufe, die nicht gut gemeint waren, einige, die es gut meinten. Nur wenige der Dorfbewohner hatten bereits verstanden. Sie verhielten sich still, versuchten andere dazu zu bewegen, still zu sein. Langsam wurde es ruhiger. Matee stand in der Mitte des Platzes. Plötzlich erschallte ein blechernes Trommeln. Niemand wusste, woher es kam. Jedenfalls war es still geworden ringsum am Platz.

"Ich bin hier, um etwas zu bestätigen, das Wanar und Tana herausgefunden haben. Etwas zu bestätigen, das viele von euch seit geraumer Zeit vermuten."

In der Menge wurde es wieder laut. Manche mochten die Wahrheit nicht hören, denn sie fürchteten, dass ihre Ängste

bestätigt würden. Manche wollten an alten Traditionen festhalten, während anderen wieder mögliche Änderungen oder Verbesserungen nicht schnell genug gingen. Vor siebzehn Jahren hatte Matee keinen Lendenfunken gehabt. Aber Pan, der hier saß, sah einem Lendenfunken ähnlich, sehr ähnlich, den Matee vor mehr als 20 Jahren gehabt hatte. Ein Raunen ging abermals durch die Menge. Bei den Tieren gab es ähnliche Phänomene, aber dass bei den Menschen Jahre, vielleicht sogar Jahrzehnte vergehen könnten, bis ein Kind in seiner Mutter weiterwuchs, war nahezu undenkbar. Das gefährliche Summen lebte auf. Mehr als sechs Finger lang Tage dauerte es von dem Zeitpunkt, dass man ein Kind im Bauch spürte bis zur Geburt. Doch niemals mehr als sieben Finger! Was man nicht verstand, konnte auch nicht sein. Wanar und Tana standen auf und gingen ebenfalls zur Mitte des Platzes. Es waren angesehene Frauen, ihnen konnte man glauben, musste man glauben. Ihre Meinung, nein, ihr Wissen war für die Dorfgemeinschaft unverzichtbar. Sie berieten die Mütter, sie hielten die Traditionen hoch, sie nahmen die Kinder in die Unterweisungen, Richtungen und Erkundungen. Dass sie bestätigten, dass Väter manchmal keine leiblichen Väter waren, dass längst vergessene Suchende Lendenfunken und leibliche Väter waren, war eine Verleumdung der Traditionen. Das Summen wurde zu einem Gebrüll. Eine ältere Frau stand plötzlich auf und schritt ebenfalls in die Mitte. Als das Brüllen zu einem Summen erlahmte, rief die Frau:
"Ich hatte einst, vor 43, kat-tr-ti-un, Jahren einen Lendenfunken und mein Sohn, der selber als Suchender unterwegs ist, sieht ihm ähnlich."
Die Männer machten ernste Gesichter. Immer mehr Frauen standen auf und gingen in die Mitte. Empörung zeigte sich in den Mienen der Männer. Viele von ihnen sollten keine Väter sein? Ein alter Mann, der seine fünfte Begegnung erleben würde, stand auf und humpelte in die Mitte. Mit seinen 68, ki-tr-to-uni, Jahren konnte er sich nicht mehr an viel erinnern,

dass er aber in seiner Kohee Lendenfunke gewesen war, war ihm leuchtend in Erinnerung. Er konnte sich vorstellen, dass er viele Kinder haben mochte, überall auf der ihm bekannten Welt. Ein Schmunzeln lief über sein Gesicht. Tr sah mit Staunen, dass auch immer mehr Männer aufstanden und in die Mitte gingen. Manche gesellten sich zu ihren Frauen, manche hielten noch verlegen Abstand. Einige wenige Frauen und auch Männer waren stehen geblieben. Doch angesichts dessen, dass fast alle Dorfbewohner nun in der Mitte versammelt waren, gingen auch sie in die Mitte. Einige weinten, weil sie seit geraumer Zeit geahnt, aber nicht gewusst hatten. Aufgestaute Sorgen, Erinnerungen stürzten aus ihnen heraus. Tr suchte Pan. Ihre Blicke trafen sich. Sie lächelten. Sie waren Teil einer neuen Zeit. Matee stand in der Mitte, umgeben von jenen Menschen, die sie vor siebzehn Jahren schon gekannt hatte. Manche wussten nichts von ihrer Hexengeschichte.

Sie würden sie als Geschichte, als Märchen hören, ungläubig ihre Köpfe schütteln. Matee sah zufrieden, dass man ihr Glauben schenkte. Pan und Tr tauchten aus der Menge auf. Sie hatten die Habseligkeiten, die Matee in Bündel verpackt hatte, unter das Dach getragen und wollten es ihr zeigen. Als sie sich der Hütte näherten, in der Tr die letzten Nächte verbracht hatte, sahen sie Setina davor stehen. Sie hatte einige

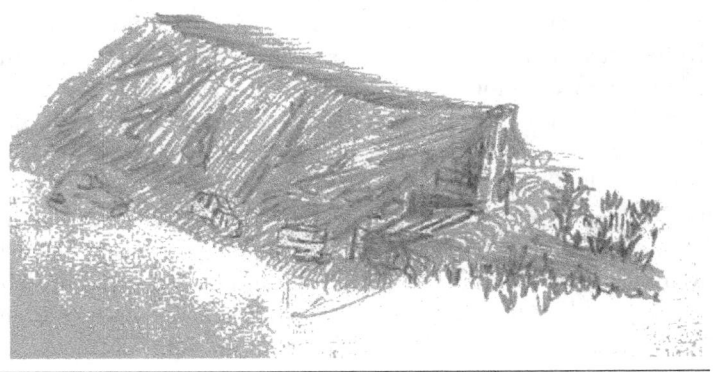

Kräuter in den Händen, die sie Matee übergab. Matee erkannte sie und erschrak.

Als Mädchen war Setina oft bei Matee gewesen, um Matten zu flechten. Sie hatten die Brennnesseln geschlagen, bis die Fasern weich waren und sich die übrigen Pflanzenteile gelöst hatten. Dann hatten sie die Fasern mit Eichenspänen zusammen gebadet, leicht getrocknet und schließlich geflochten. Manchmal hatten sie Tierwolle eingearbeitet, damit die Matte auch warm halten konnte.

Matee strich Setina über die Wunden. Setina lächelte schief. Zu viert traten sie unter das Dach. Tr merkte sofort, dass während des Vormittags hier jemand einiges verändert hatte. Das Bett stand an einer anderen Wand. Dahinter war ein wenig Brennholz aufgeschichtet, die kleine Feuerstelle gesäubert. Nun begann ein betörender Duft durch den Raum zu schweben. Das war nun das neue Reich einer Frau, die siebzehn Jahre in einer engen Höhle gehaust hatte. Matee fand, dass alles genauso war, wie vor der letzten Begegnung, das Bett, die kleine Feuerstelle, das Holz. Irgendwie, fand sie, hätte sich der leichte Geruch einer Ziege eingeschlichen. Wie auf Zuruf stand eVre in der Türe. Sie und Tr würden sich um eine neue Unterkunft umschauen müssen. Matee setzte sich aufs Bett, ließ den Blick schweifen.

"Wartet einen Moment draußen bitte."

Matee sog die Luft ein. Ein altes, vertrautes Gefühl stellte sich ein. Ein klobiges Stück Baumstamm stellte einen Tisch dar. Ein Ding, das sie sehr vermisst hatte. Etwas ablegen, es in Ruhe betrachten zu können, war wichtig. Man konnte es von allen Seiten erkunden und verhalf einem zu Erkenntnis. Die zwei Bündel wollte sie später auspacken, nun galt es mit Freunden über Vergangenheit und Zukunft zu sprechen.

Sie stieg die Stufen hinauf, stieg über die angehäufte Schwelle und trat ins Sonnenlicht. Tr war noch immer da und musste an diesem Tag nicht mehr beim Ofenbau helfen, weil die drei Männer unter ihrem eigenen Dach zu tun hätten, wie Lik sich ausgedrückt hatte. So saßen sie zu viert in der Runde. Matee schaute Setina fragend an. Pan wusste von dem Unfall, doch

Tr noch nicht.Setina zögerte.

Sie war im Frühjahr die Fallen überprüfen gegangen und dabei war es passiert. Bei einer der Fallen hatte Setina die Spitze einer der jungen Birken heruntergezogen und eine Schnur daran befestigt, die ausgelöst werden sollte. Fasane und Rebhühner waren in dem Jungwald unterwegs und Setina wollte welche erwischen. Sie hatte Messer und Pfeile abgelegt und hatte gerade ein Stöckchen mit einem Schlitz unter einen Stein eingeklemmt. Mehrere Schnüre sollten ein Netz hochschnellen lassen, in dem sich die Vögel verheddern sollten.

Matee nickte wissend. Auch sie hatte Netze verwendet.

Setina wollte noch die letzte Schnur einhängen, als sie ihr aus der Hand glitt und das Netz hochschnellte. Dabei hatte es das Messer und den Pfeil mitgerissen. Setina spürte einen scharfen Schmerz an der linken Backe und der Nase, der sich bis zur rechten Stirnseite weiterzog. Die Augen hatte sie im Reflex geschlossen. Als sie sie öffnete, quoll unterhalb des linken Auges Blut aus einer Wunde. Sie spürte, wie sich die Haut krampfartig zusammen zog. Aus dem ziehenden Schmerz wurde ein Kratzen. Über das rechte Auge lief eine warme Flüssigkeit. Das Kratzen verdichtete sich zu einem Brennen. Quer über ihr Gesicht explodierte ein Schmerz, der ihr im Kopf dröhnte. Die Brust fühlte sich eingeklemmt an, der Magen rebellierte. Der Kopf schien ein Schwamm zu sein. Die Kopfhaut begann zu kribbeln. Von den Blickrändern schoben sich Schleier herein. Setina drohte ohnmächtig zu werden. Sie wollte aufstehen, doch ihre Beine versagten den Dienst. Sie robbte zu einem der Bäume, lehnte sich daran und versuchte regelmäßig zu atmen. Ihr Gesicht brannte, als ob jemand Feuer daran hielte. Sie versuchte mit den Fingern die Wundränder aneinander zu halten. Ihre Finger begannen zu zittern. Ihr ganzer Körper bebte. Im Gesicht zuckten einige Muskeln. Der Schmerz wurde unerträglich. Einige Male muss sie geschrien haben. Dann hatte das Zittern in den Beinen wenigsten aufgehört. Einige Schneereste waren noch übrig und die legte sie sich zusätzlich auf die Wunden. Der Boden um sie herum färbte sich rot. Das Schmelzwasser rann an ihrem Tecido herunter. Irgendwie hatte sie es geschafft, die nächsten Atemzüge zu machen und im Kopf klarer zu werden. Ihre Hisa lag beim Netz und sie kroch auf allen vieren dorthin. Sie stütze sich auf ihrer Hisa ab und stellte sich langsam auf die Füße.

Im Stehen rann weniger Blut aus den beiden Wunden, die sie mit den Fingern einer Hand zuzudrücken versuchte. Über dem rechten Auge trocknete das Blut und bildete einen Schleier, durch den die Welt in violett getaucht wurde. Setina merkte, wie die linke Backe kraftlos nach unten hing. Verzweifelt hielt sie die Haut und die Muskeln fest, versuchte sie an die richtige Stelle zu drücken. Ständig rann Blut in den linken Mundwinkel und sie spuckte immer wieder aus. Würde sie es bis ins Dorf schaffen? Wenn sie schrie, hörte sie hier herauße niemand. Zum Feuer machen hatte sie derzeit zu wenig Kraft. Es hätte ihr auch nichts genützt. Kol musste sich die Wunde ansehen, Kräuter auflegen, mit Harz die Ränder zusammenbringen. Harz. In der Kälte war das Harz hart, spröde, nicht zu gebrauchen. Nein, kein Feuer, lieber ins Dorf. Ihr Magen rebellierte. Sie würgte und erbrach zersetztes Blut. Schleimiger Mageninhalt ergoss sich über das Moos zu ihren Füßen. Setina musste den Hang hinunter, über den Bach und auf der anderen Seite wieder hinauf. Von dort drüben konnte sie das Dorf sehen. Dann waren es noch acht Finger Schritte weit bis zum Dorf. Sie hatte es in der Früh verlassen und wollte bis zu Mittag wieder zurück sein. Das würde sie nicht ganz schaffen. Sie stolperte mehrmals. Immer wieder rutschten ihre Finger von den Wunden. Jedes Mal ein neuer Schmerz, wenn die Wunden wieder aufrissen und frisches Blut über den Hals in den Tecido rann. Das Herz hämmerte wie wild und Setina bekam immer schlechter Luft. Sie hatte schon zu viel Blut verloren. Die Finger wurden gefühllos und die Zehen fanden kaum mehr Halt am Untergrund. Aus Gewohnheit war sie barfüßig unterwegs. Doch nun wurden die Füße kalt und die Beine schwer. Beim Bach hielt sie kurz inne. Sie keuchte und wollte sich hinsetzen, blieb aber stehen. Sie fürchtete nicht mehr aufstehen zu können. Nur nicht ausrutschen. Das eisige Wasser spülte um ihre Knöchel, doch sie spürte es nicht mehr. Bergauf blieb sie öfters stehen, stützte sich auf ihre Hisa, holte Luft und kämpfte weiter. Die Sonne schien ihr zwischen den Baumstämmen ins Gesicht. Der Schatten eines Vogels hob ab und flog quer durch ihre Blickrichtung. Sie war außerstande, dem Schatten mit den Augen zu folgen. Die Sonne zog sie an. Setina meinte zu fliegen. Die Hisa hatte plötzlich kein Gewicht mehr. Ihre Füße liefen über den Schnee. Als sich Setina hinlegen wollte, schlitterte sie zuerst über den Schnee, dann hob sie wie ein Vogel ab, schwebte zunächst. Sie bewegte die Arme und wurde in die Höhe gehoben. Sie flog über ihr Dorf, kam am Übungsplatz und der großen Feuerstelle vorbei, an den Dächern der anderen Dorfbewohner und landete unsanft vor Kols Dach.

"Ich weiß nicht, was das werden soll."

Die Stimme war von fern her gekommen. Doch Setina kannte sie. Kol hatte eine warme Stimme und seine Kräuter dufteten so intensiv, dass sie schon damit heilten.

Tr saß stumm in der Runde vor dem Dach. Matee hatte betroffen zugehört und Pan nickte wissend.

"Ein dummer Unfall, leichtsinnig und ..."

Setina strich sich mit den Fingern über die linke Backe, die Nase und die Stirn. Es war alles vergessen, fast alles. So etwas würde nicht mehr passieren. Matee seufzte. Sie wollte an alte Zeiten anknüpfen. Im Wald allein hatte sie viele Ideen gehabt, was die Fallenstellerei und das Weben betraf. Sie wollte sehen was sich in den letzten Jahren hier im Dorf so ereignet hatte, welche Suchenden vorbei gekommen waren und welche Neuerungen sie mitgebracht hätten. Setina wollte Matee das Dorf zeigen. Zum Vorstellen würden sie an diesem Tag wohl nicht mehr kommen, zu sehr waren einige Familien mit ihren Problemen beschäftigt. Tr schloss sich an, denn auch er hatte noch nicht viel gesehen. Gegen Osten stieg das Gelände kaum merklich an. Einige Hügel waren von hohen alten Bäumen überwachsen, deren Kronen sich darum stritten, wer am höchsten sein durfte. Ein Hügel fiel auf, indem er junge Bäume trug. Setina erklärte, dass vor einigen Jahren während eines Gewitters im Sommer der Blitz eingeschlagen hätte und die ganze Fläche mit einem Male in Flammen gestand sei. Das Dorf war nie bedroht gewesen, da der Wind nach Osten gestanden war. Der Regen hatte den Brand nach und nach wieder gelöscht. Nach dem Gewitter waren die Dorfbewohner ausgeschwärmt und hatten jede Menge verendeter Tiere eingesammelt. Nur flüchtig wies Setina auf eine felsige Erhöhung weiter hinten, unter der der Fluss durch die Klamm rauschte. Setina führte ihre kleine Gruppe zu den

Bäumen, unter denen sich die Gräber der verstorbenen Dorfbewohner und ihrer Begleiter befand. Matee erinnerte sich, dass ihr Vater und ihre Mutter hier irgendwo sein müssten. Tr runzelte die Stirn. Dass sie hier sein müssten? Matee hatte seinen fragenden Gesichtsausdruck bemerkt. *Jeder, der ging, hinterließ Spuren. Jeder, der ging, hinterließ Ideen, Vorstellungen, an denen man sich festhalten konnte. Vielleicht konnte man auch über Sorgen mit ihnen sprechen. Jedenfalls kam man gereinigt aus diesem Wald zurück.* Tr hatte die Wirkung dieses Waldes in der Nacht zuvor erlebt und gönnte Matee einige Augenblicke der Ruhe und Erinnerung. Setina führte sie in einem großen Bogen nach Süden in jenen Teil, durch den Tr und nun Matee gekommen waren. Die allgegenwärtige Rinderherde war auch hier wieder unterwegs und ließ sich durch nichts aus der Ruhe bringen. Das Gelände stieg merklich an, als sie westlich um das Dorf herumgingen. Von einer Anhöhe aus konnte sie über das Dorf blicken. Sie erkannten den Übungsplatz, die vielen Dächer, die Bäume, unter denen die Erprobungen stattfanden, unter denen die Meister den Baldlingen ihr Wissen weitergaben. Sie sahen die längeren Dächer, unter denen sich die Ziegen im Winter größtenteils befanden und sahen den schmalen Weg der zur Fall-Ab führte. Weiter im Norden wand sich der Fluss Richtung Osten und verschwand in der Klamm. Hinter sich hatten sie das Hochland. Ein feuchtes Stückchen Erde, nebelig, kalt, fruchtbar. Selbstverständlich, dass dort Menschen wohnten. Die Fog wohnten in Steinhäusern, sagte man. Gemeinsam in riesigen Bauten mit Wänden so hart wie Fels. Bäume gab es in sehr lichten Wäldern mit viel Buschwerk dazwischen. So mangelte es an gutem Bauholz. Steine jedoch wuchsen aus dem Boden. Tr wollte zu ihnen weiter. Doch es galt noch viel zu tun. Lik hatte ihn eingeladen, den Begleiter zu zeichnen und den Hausbau der Tox wollte er verstehen. Über jenen Weg, den Pan und er vor ein paar Tagen zur Kaninchenjagd gegangen waren und am kleinen Wasserfall vorbei, der Pan fast zum

Verhängnis geworden war, kamen sie zum Dorf zurück. Aufruhr herrschte. Von weitem schon sah Tr eine kleine Gruppe Männer mit Bündeln in den Händen am großen Platz stehen. Blindlings wollten sie aus dem Dorf fort. Bei den einen waren deren Frauen enttäuscht, bei den anderen fühlten sich die Männer selbst hintergangen Wanar und Lik versuchten zu beruhigen, versuchten zu vermitteln. Manch einer ließ sich beruhigen oder umstimmen, doch zwei blieben stur und wollten noch an diesem Tag das Dorf verlassen. Wanar meinte, dass damit das Problem nicht gelöst war, sondern nur in die Ferne, in die Fremde getragen wurde. Die zwei Männer meinten, von ihren Frauen enttäuscht zu sein, da sie ja in der Vergangenheit Lendenfunken gehabt hätten und sie es ihnen bis zu diesem Tage nie gesagt hätten. Wanar schüttelte den Kopf. Der eine Mann hatte noch gar kein Kind. Er würde selbst erst seine zweite große Begegnung erleben und das Kind seiner Frau nie sehen. Der andere Mann war schon eine Tramhach lang im Dorf und würde es wieder verlassen. Der Sohn, den er mit seiner Frau aufgezogen hatte, war nicht sein Ebenbild. Seine Frau hatte ihm die Ähnlichkeit mit einem früheren Lendenfunken bestätigt. Tr erkannte die Schwierigkeit, die sich hier anbahnte. Männer mochten in Zukunft zwar als Väter im Dorf wohnen und zu seinem Wohlergehen beitragen. Die Frauen wären aber vielleicht als Mütter alleine gelassen bei der Arbeit, die Kinder groß zu ziehen. Manche Frauen und auch manche Männer würden sich davor verschließen Lendenfunken zu sein, während wieder andere keine Gedanken an die Zukunft verschwenden würden und nur in ihrer eigenen Gegenwart leben würden und nur in ihrer eigenen, beschränkten Welt glücklich würden, wenn auch nur immer kurzfristig als Lendenfunken. Die beiden Männer zogen also gemeinsam los in eine ungewisse Zukunft, ohne Halt aber mit viel Hass. Tr blickte ihnen gedankenversunken nach.

Als er sein Dorf, die On, verlassen hatte, waren alle Dorfbewohner gekommen und hatten ihn verabschiedet. Tage zuvor waren die älteren Männer noch mit Ratschlägen gekommen. Seine Mutter hatte ihm noch einen neuen Tecido gewebt und sein Vater ein neues Messer schmieden lassen. Sein Vater. Er hatte ihm das Feuermachen beigebracht, wie man mit einem Speer umging und wie man auf einen Baum kletterte. Er hatte wegen eVre den Kopf geschüttelt, aber ihn in seinen Einstellungen zu den Menschen und Tieren gefestigt, hatte sein Talent zum Zeichnen unterstützt und ihm einiges über Frauen und Mädchen aus der Sicht eines Mannes erzählt. Tr hatte es immer recht amüsant gefunden, dass seine Mutter und sein Vater darüber unterschiedlicher Auffassung waren, aber er konnte beide Sichtweisen verstehen. .

Umso trauriger war es, dass die zwei Männer die Vergangenheit nicht verstanden und sich abwendeten. Die Sonne war schon auf ihrem Weg zu den Wäldern, als die Männer ohne Gruß davonschritten und am Abend noch den Fluss überqueren und in Richtung Norden davon ziehen wollten.

"Wir haben für heute Nacht ein Dach für dich."

Tana stand neben Tr. Drobar hatte ein eigenes Dach für sich und rSu gehabt. Zo hatte in den letzten Tagen sein Werkzeug dort untergebracht, das könnte aber auch woanders stehen. Am nächsten Tag würden sowieso einige Männer beginnen, ihr eigenes Dach zu bauen. Tr könnte da mitbauen. Der Bau des Ofens würde weiter aufgeschoben werden müssen. Das Dach war ähnlich wie das alte, unter dem Tr bis jetzt geschlafen hatte. Eigenartig, dass Drobar hier gelebt hatte und er jetzt hier wohnte.

"Ich kannte sie sehr gut."

Setina stand am Eingang und lehnte sich an einen Balken. Drobar hatte ihre Gier nach Männern nicht verstanden, und Setina ihr Bestreben nicht, hinter den Horizont schauen zu wollen, die Sicherheit eines Dorflebens zu verlassen. Unwillkürlich strich sie über ihre Narben im Gesicht. Das Bettlager müsste gemacht werden, fand Tr. Setina grinste und zog ein Bündel frischer Zweige und Blätter bei der Tür herein. Tr warf das alte Lager vor die Türe, wo eVre es sich darauf gemütlich machte. Tagsüber war sie in der Herde der anderen Ziegen des Dorfes mitgelaufen. Vorhin hatte sie Tr gesucht und er hatte sie von der alten Hütte, in der Matee sich wieder eingerichtete hatte, herüber gerufen. Den Abend verbrachte Tr in angeregtem Gespräch mit Lik, der ihm die Vorzüge der Erdhäuser zu verstehen gab und beide sprachen noch mit Zo wegen der Schaufel, die Tr benötigen würde. Der Käfer begann gerade seinen Flug, als Tr in seinem neuen Heim in einen tiefen Schlaf fiel. Heftiger Lärm weckte ihn. eVre meckerte laut. Ein Lichtschein fiel durch die Spalten im Dach, ein flackerndes Licht. Es war nicht Tag, das war ein Feuer. Tr sprang auf und stürmte die Stufen hinauf. Am gegenüber liegenden Teil des Dorfes brannte es lichterloh. Ein Dach hatte Feuer gefangen. Dorfbewohner schrien durcheinander. Ein zitternder Körper lag unweit des brennenden Daches. Die Haare waren versengt und ein Bein rauchte. Auf der Haut bildeten sich Blasen. Die Zehen waren gespreizt, so wie die Finger und zitterten unaufhörlich. Tr erkannte einen der Männer wieder, die beim Ofenbau geholfen hatten. Er wollte sich von einer auf die andere Seite rollen.Ein Mann,der neben ihm stand, hinderte ihn daran. Tr sah, dass eine Frau Wasser in einem großen Sack brachte und es langsam über das Bein des Verletzten rinnen ließ. Das Rauchen hörte auf, doch das Stöhnen blieb. Die Frau rief nach einem weiteren Sack und kühlte das Bein wiederum.

Es krachte, Funken stoben und das Dach versank im Haus. Entsetzt sah Tr zu, wie das, was ein Haus gewesen war, zu einer verheerenden Feuergrube geworden war. Wer konnte, warf Sand in die Grube um das Feuer zu ersticken. Tr sah jedoch, dass vom Dach nichts mehr zu retten war. Das Holz war verkohlt, Äste, Zweige und Rindenstücke gänzlich verbrannt. Die Wand mit der Tür war stark in Mitleidenschaft gezogen. Tr bemerkte aber auch, dass die drei anderen Wände wohl schwarz, aber nicht verbrannt waren. Der Lehm dahinter war an einigen Stellen rot gefleckt. Tr drehte sich um. Der verletzte Mann am Boden schrie mehrmals einen

Namen. Der Mann, der neben ihm kniete, schüttelte den Kopf. Auch die Frau mit dem Wasser blickte erschüttert, sagte aber nichts. Tr verstand nicht. Sein Blick traf auf den von Pan. Große, entsetzte Augen starrten ihn an und blickten dann in die rauchende Grube.

Tr schluckte. Der Mann hatte nicht alleine unter dem Dach gewohnt. Pan nahm Tr bei der Hand und zog ihn weg. Es gab genug helfende Hände hier. Sie trafen Matee, die im Finstern auf halbem Weg von ihrer Hütte entfernt stand. Pan murmelte ein paar Worte und Matee schlug die Hände vors Gesicht. Sie drehte sich um und lief unter ihr Dach. Wenig später war sie bei dem verletzten Mann und übergab der Frau mit dem Wassersack ein paar Kräuter. Diese nickte und zerkaute sie sofort zu einem Brei, den sie auf das feuerrot angelaufene Bein legte. Tr beobachtete die Tragödie fasziniert und schockiert zugleich. Nicht mehr lange und die Sonne würde sich über den Platz erheben und das Grauen beleuchten. In den Höhlen der On war noch nie Feuer ausgebrochen. Zu viele Augen beobachteten die Feuerstelle nahezu ununterbrochen.

Feuer. In der Natur war sichtbares Feuer ungezähmt, von Blitzschlag oder großer Dürre ausgelöst. Doch Meisterin Lovon hatte auch immer von unsichtbarem Feuer gesprochen, wenn sie die Wärme meinte, die nach manchen Speisen den Körper durchströmte und ihm Kraft gab. Sie meinte, dass die Sonne in allem Lebendigem gespeichert wurde und durch das Essen an die Menschen weiter gegeben wurde. Die Menschen hatten das Feuer beobachtet, es selber erzeugt und kontrolliert. Doch manchmal lief es davon, wie in dieser Nacht. An Schlaf war nun nicht mehr zu denken. Unruhig irrten die Bewohner durch das Dorf. Der Verletzte wurde unter einem der Bäume am großen Platz versorgt. Seine Schmerzen würden ihn zwei Tage quälen. Einige Blasen waren aufgeplatzt und helle Flüssigkeit war ausgeronnen. Immer wieder wurde sein Bein mit Wasser gekühlt, das ein paar Frauen und Männer vom Fluss brachten.

Die Wohngrube hatte aufgehört zu rauchen und einige Männer hatten begonnen, das Holz herauszuholen. Gleichzeitig schaufelten sie den Sand heraus, der zum Löschen hineingeworfen worden war. Sie stießen bald auf einen Stoff, der einem Tecido ähnlich schien, teils verbrannt, schwarz, teils war noch das typische Graugrün zu erkennen. Von der Frau war ein Fuß und eine Hand ganz geblieben. Der Beckenknochen schaute, vom Feuer spröde, zwischen verbrannten Baumstämmen heraus. Das Genick war zertrümmert und der blanke Schädel lag etwas abseits des Rumpfes. Gesina hatte die Arbeiten beobachtet und konnte Pan und Tr genau berichten. Tana wies sie zurecht, als sie für die Morgenmahlzeit gerade einige Eier von Gänsen vorbeibrachte.

"Zo hat eine Hütte in der Nähe des Flusses gebaut." Dort waren Gänse eingezogen, die Zo regelmäßig fütterte. Mit der Zeit waren sie sogar zutraulich geworden. Seit fünf Jahren beobachtete er die Kücken und die heranwachsenden Gänse. Manche der Jungvögel waren sogar im Winter hier geblieben. Die alten Gänse waren im Frühjahr wieder gekommen. So hatte sich deren Zahl nun bei etwa vier Finger, kat, eingependelt. Tr trank die Eier nicht gerne, so legte er sie neben sein kleines Feuer und wartete, bis sie Risse bekamen, der Dotter langsam ausfloss und am Stein gerann. Mit ein paar Kräutern schmeckten sie köstlich.

Die Sonne war aufgegangen und hatte den großen Platz beleuchtet. Ein schwarzer Fleck am Rande des großen Platzes wies auf das Unglück in der Nacht hin. Der Verletzte lag unter dem Baum und atmete schwer. Er hatte von Wanar ein Getränk bekommen, das seine Schmerzen lindern sollte. Sein Bein war geschwollen, rot, und die meisten der Pustel waren aufgesprungen. Bei den wenigen Wörtern, die der Mann sprach, zitterte sein Unterkiefer. Erschöpft lehnte er seinen Kopf dann an den Stamm des Baumes. An manchen Stellen war das Bein dunkel, fast schwarz geworden. Dort wurden die Muskeln nicht durchblutet.

Tr schüttelte sich innerlich. Es stand schlecht um den Mann. Er wusste aber nichts für ihn zu tun, so beschloss er hinter den Friedhof zu schauen. Die Schaufeln wurden noch für die Brandgrube gebraucht, so konnte er nicht mit seinem eigenen Haus beginnen. Ein Hügel hatte sein Interesse geweckt, in dessen Nähe der Bach vorbeifließen musste, den er auf seiner Reise hierher überquert hatte. Er rief eVre zu sich, sagte Pan Bescheid und nahm seinen Bogen mit. Der lichte Wald mit den Steinen war in ein anderes Licht getaucht als am Tag zuvor. Die Schatten der Bäume lagen wie lange Finger über dem Boden. Das Gelände stieg kaum merklich an. Im trockenen Laub zu seinen Füßen raschelte es ständig. Käfer und Würmer fraßen die Blätter und machten sie zu Erde. Mäuse huschten dahin und sogar ein Igel war noch auf Jagd. Er ließ sich kaum stören, pfauchte vorsichtshalber ein paar Mal und zuckte dabei mit seinen Stacheln.

Tr grinste, als eVre ihm zu nahe kam und sie erschrocken zurück sprang.

An einigen großen Ameisenhaufen kamen sie vorbei. Tr beobachtete sie, wie sie Blattstücke und Nadeln von Fichte

und Tanne heranschleppten. Einige Ameisen trugen erbeutete Florfliegen und Raupen von Schmetterlingen. Der Ameisenweg wand sich vom Haufen unter einer Föhre hinüber zu einer Buche, an einem Stein vorbei und verzweigte sich schließlich. Tr kamen die kleinen Wege wie die Zuläufe zu einem Fluss vor. Am Haufen ergoss sich der Strom der Arbeit über die gesamte Oberfläche und darunter. Manchmal rissen Dachse und Bären einen solchen Haufen auf, deshalb wusste Tr, dass die Eier der Ameisen darunter verborgen waren. Frische Eier lagen in den oberen Bereichen, ältere, größere Eier in tieferen, geschützteren Ebenen. Ein misshandelter Haufen wurde in ein paar Tagen wieder ordnungsgemäß aufgebaut und Tr staunte aufs Neue über diese Baumeister des Waldes. Bei einem der Haufen beobachtete er einen Kleiber, der auf dem Haufen umhersprang und seine Handschwingen spreizte. Der Vogel badete förmlich in dem Gift, das die Ameisen in die Höhe spritzten. Tr hatte selber einmal probiert die Hand über den Haufen zu halten und vorsichtig auf die Ameisen darunter zu pusten. Das verspritzte Gift der Ameisen fühlte sich kühl an. Der Duft war jedoch stechend und brannte in der Nase. Plötzlich blieb eVre stehen und fixierte eine Stelle vor ihr im Gebüsche. Ein leises Meckern deutete auf eine unbekannte Situation hin. Tr beobachtete das Gebüsch genau, suchte nach Augen, horchte auf ein verdächtiges Geräusch. Er begann das Gebüsch zu umrunden, achtete darauf, wo er hintrat. Zwei Äste lehnten aneinander, ein dünnes Holz darunter. Ein Netz lag am Boden ausgebreitet. Eine Falle. Setina hatte eine solche beschrieben. Sie stellte diese Art auf, um Rebhühner zu fangen. Einige Körner lagen bereit und eine junge, gebogene Pappel sollte das Netz im geeigneten Augenblick hochschnellen lassen. Tr entfernte sich vorsichtig, rief eVre zu sich, streichelte sie. Er blickte sich um und sah eine alte, riesige Eiche zwischen den Baumstämmen am höchsten Punkt dieses Hügels stehen. Ihre weit ausladenden Äste hatten in ihrem Schatten keine anderen Bäume

aufkommen lassen. So gab es einen größeren freien Platz unter dem mächtigen Baum. Zwei Eichkätzchen liefen gerade am Stamm auf und ab. Sie schimpften miteinander. Das eine holte aber das andere nie ein. Immer hielten sie einen gewissen Abstand. Es schien hier ein Scheingefecht stattzufinden. Plötzlich hoben beide Tiere den Kopf und verschwanden im Geäst über Tr. eVre biss einige Gräser ab, während Tr versuchte, wie oft er seine ausgebreiteten Arme rund um den Stamm legen konnte. Er schüttelte ungläubig den Kopf. Sechsmal. Tr blickte durch die Äste nach oben, dorthin, wo die Eichkätzchen verschwunden waren. Tr lehnte seinen Bogen und seine Hisa an den Stamm. Er steckte die untere Seite seines Tecido in den Gürtel, damit seine Beine frei waren. Dann sprang er zu einem der niedrigen Äste in die Höhe und kletterte durch das dichte Blätterwerk. Hin und wieder erhaschte er einen Blick in die Ferne, entdeckte den Bach, den er noch erreichen wollte und sah einige Wolken heranziehen. Noch schauten sie nicht bedrohlich aus, aber Tr wollte sie im Auge behalten. Als er in der oberen Hälfte des Baumes kletterte, bemerkte er weißlichen Schwatz von Vögeln. Größere Vögel mussten das sein, die hier regelmäßig landeten und sich entleerten. Im selben Moment schrak er zusammen. Ein großer Vogel war plötzlich vor ihm aufgetaucht. Er war durch die Äste von außen hereingebrochen und seine Greiffüße hätten Tr beinahe im Gesicht getroffen. Erschrocken ließ sich Tr fallen und landete einige Äste weiter unten. Abermals attackierte ihn der Vogel. Ein zweiter kreischte von weiter oben. Tr hatte ein Pärchen beim Brüten gestört und musste nun einige Kratzer einstecken. Wieder sah er den Vogel wild um den Baum fliegen. Mit einem Bussard war nicht zu spaßen. Weiter unten waren die Äste länger und so dicht, dass der Bussard nicht mehr hereinschlagen konnte. Würde er Tr am Boden in Ruhe lassen? Tr wollte sich nicht verteidigen, ihn nicht abwehren und den Bussard dadurch vielleicht verletzen.
Tr sprang vom letzten Ast auf den Boden, drückte sich an

den Stamm der Eiche. Erst war nichts zu hören. Dann wurde die Luft von einem Schlag zerrissen. Der Bussard war im Sturzflug der Eiche entlang herabgestoßen, hatte knapp über dem Boden in der Luft seine Flügel ausgebreitet. Nun saß er am Boden und schrie Tr an. Der Bussard kam gefährlich nahe und versuchte Tr zu beißen, riss dabei seine Füße hoch. Tr rannte um den Baum und versuchte sich zu verstecken, doch der Vogel hakte nach. Tr schnappte seine Hisa und den Bogen und stürmte von der Eiche weg in den Wald hinein. Bevor der Bussard aufsteigen konnte, war Tr zwischen den Bäumen verschwunden. Tr lief einige Schritte weit, lehnte sich hinter einen Baum und horchte. Der Bussard hatte von ihm abgelassen. Das Pärchen musste bereits Junge im Nest haben. Verständlich, dass sie ihren Brutbaum derart verteidigten. Tr pfiff. eVre horchte auf und kam angesprungen. Sie hatte sich vor dem kreischenden Pärchen ebenfalls in den Wald geflüchtet, doch nun fraß sie wieder. Tr schlüpfte mit einer Hand durch seinen Bogen und ging den Hügel auf der anderen Seite hinunter. Er wollte noch zu dem Bach. Einige jüngere Eichen mischten sich unter Ahorn, Buchen und Erlen. Vereinzelt standen auch Lärchen dazwischen. Tr kam in einen Teil des Waldes mit mehr Unterholz. Bäume waren umgestürzt, bildeten ein Gewirr aus Stämmen. Morsche brüchige Stümpfe standen in die Höhe, manche mannshoch, gesplittert Hornissen holten sich Baumaterial. Sie bissen sich in das alte Holz, formten kleine Kügelchen aus Holzmehl. Ihr Rückflug glich noch mehr einem Taumeln als sonst schon. Oft vermittelte der Flug der Hornissen einen schwerfälligen Eindruck, doch Tr war bereits von solchen riesigen Insekten gebissen worden. Er musste zugeben, dass das sehr schmerzhaft war. Das Gift hatte er jedoch erst einmal in die Wunde bekommen. Eine größere Beule hatte sich gebildet, die mehrere Tage gejuckt hatte. Unangenehm, ja, doch Wespen waren unvergleichlich aggressiver, wenn man sich ihrem Nest näherte. Manchmal siedelten sie sich unter den Felsvorsprüngen an den

Hauswänden an, hinter einem Baumstamm, der längere Zeit ungebraucht irgendwo angelehnt war oder hinter Tür und Fenster jenes Abri, das für die Suchenden zur Verfügung stand. Hornissen konnten schnell sein und stürzten sich schon auf einen möglichen Angreifer, wenn der noch sieben oder acht Schritte vom Nest entfernt war. Ein Specht mochte ihnen etwas anhaben, oder Marder, die die Brut fraßen, vielleicht auch Siebenschläfer oder der Wespenbussard. Andere Tiere fanden jedoch keinen Gefallen an den aufbrausenden Völkern. Anders bei den Bienen. Manche konnten ebenfalls gefährlich brummen, da war aber mehr zu holen. Der Honig schmeckte nicht nur Tr. Die Bären und Marder brachen die Nester in hohlen Bäumen regelmäßig auf. Spitzmäuse stahlen sich ebenfalls hinein.

Tr kam zum Bach. Das kühle, klare Nass war eine willkommene Erfrischung. eVre blieb am Ufer und legte sich hin, während Tr die Böschungen genauer untersuchte. Er fand einige Krebse unter Steinen, kleinere Fische und Spuren von Kaninchen und Rehen. Eine Wildschweinspur war genauso darunter wie die eines Fuchses. Bachabwärts wurden die Wildschweinspuren häufiger und abseits des Baches entdeckte Tr eine große Suhle. Er blickte zu eVre hinauf, die aufgestanden war. Sie sah in seine Richtung, doch an ihm vorbei ins Gebüsch hinter ihm. In größerer Entfernung knackten Zweige und eine Bache mit einigen Frischlingen lief durch das Unterholz davon. Säue konnten unangenehm werden, wenn man ihren Jungen zu nahe kam. Den Weg eines Ebers zu kreuzen war ebenfalls sehr unangenehm. Oft verstanden die Schweine ein solches Aneinandertreffen als Eindringen in ihr Revier und verteidigten es als solches. Einige Laubfrösche quakten in der Umgebung und rissen Tr aus seinen Überlegungen. Warum am helllichten Tag die Frösche quakten, verriet Tr ein Blick zum Himmel. Die Wolken hatten sich verdichtet. Ein Gewitter würde in absehbarer Zeit losbrechen und den Fröschen die allabendliche Musik verderben. Es war höchste Zeit für ihn umzukehren und ins Dorf zu gelangen. Auf einen Pfiff kam eVre angesprungen und lief Tr voraus. Wind kam auf und riss an den Bäumen. Zweige brachen ab und fielen Tr vor die Füße. In Stoßwellen kam der Wind durch den Wald gefegt. Sogar Äste knickten und einige Bäume neigten sich gefährlich zur Seite. Tr hörte es krachen und eine Fichte stürzte neben ihm zu Boden. Im Fallen riss sie Äste eines benachbarten Baumes mit und wirbelte alte Blätter in die Höhe. Ein Specht krächzte mehrmals in der Ferne und Tr glaubte einen Wolf heulen zu hören. Tr kam an der Rieseneiche vorbei und umging sie in großem Abstand. Nun galt es nur mehr bergab bis zum Dorf zu gelangen. Der Wind riss sogar an seinem Tecido und Tr hatte Mühe in den Windböen nicht zu stolpern. Es rauschte über seinem Kopf. Ein mächtiger Strudel hatte sich über ihm gebildet und drohte alle Bäume darin umzuknicken. Tatsächlich brachen drei von ihnen ab. Im Fallen drehten sie sich und Tr hatte Mühe ihnen auszuweichen. Als die Stämme am Boden aufschlugen, wippten ihre hinteren Enden mehrmals in die Höhe. eVre meckerte erschrocken. Äste, Blätter, Zweige regneten vom Himmel. Bäume neigten sich ruckartig zur Seite, als hätten sie eine Ohrfeige bekommen. Ihre Äste schlugen auf und ab, als würden sie gestoßen werden und weitertaumeln. Wipfel wurden abgerissen und fegten zwischen den noch stehenden Bäumen dahin. Tr spürte eine Bewegung unter seinen Füßen. Der Boden riss auf. Eine überspannte Wurzel wurde zerfetzt. Tr stand neben einer Buche und wollte sich Schutz suchend an sie lehnen. In einem Kreis um den Stamm herum brach die Erde auf. Der Stamm hinter Tr begann sich zu bewegen. Der Baum kippte nach hinten weg. Tr spürte sich hochgehoben. Er rutschte vom Stamm seitlich herunter, als die Buche mit ihrer Krone am Boden aufschlug. Ein Zittern ging durch den Stamm. Tr wurde endgültig abgeschüttelt und landete am Waldboden. Erde und kleine Steine rieselten auf ihn herab. Der gefallene Baum hatte sein Wurzelwerk mitgenommen. Wie eine Faust hielten die Wurzeln das Erdreich fest. Der

Baum hatte es wie einen Stöpsel aus der Erde gezogen. Kauernd saß Tr unter dem Stamm und starrte auf das Geschehen um ihn herum. eVre stand neben ihm und meckerte. Ihr war das Schauspiel ebenfalls nicht geheuer. Während rund um sie der Wald ächzte und einzelne Stämme weiter unter der Last des Windes fielen, lag die gestürzte Buche ruhig am Boden. Ein Punkt toten Friedens entstand unter ihrem Stamm. Immer wieder rieselten Steine und Erde auf ihn herunter, aber sonst fühlte sich Tr unter der Buche sicher. Doch mit einem Male kam der Wind nicht mehr von hinten, sondern von vorne. Äste und Blätter schlugen Tr plötzlich ins Gesicht. Regentropfen klatschten wie Geschoße auf seine Wangen und das ohrenbetäubende Fauchen des Windes bekam ungeheure Ausmaße. Tr hielt eVre fest. Gerade jetzt durfte sie nicht davon rennen. Sie machte jedoch keine Anstalten und kauerte sich unter Trs Druck auf den Boden. Weitere Bäume knickten unter der Belastung. Tr sah einige Wipfel erst Kreise am Himmel drehen, bevor sie herab stürzten. Von einem zum anderen Moment war der Spuk vorbei. Den Hügel weiter hinunter hörte Tr den Wind zwischen die Bäume fahren, doch bei ihm war es nahezu windstill. Einige Blätter fielen noch herunter. Eine gespenstische Stille legte sich über die kleine Lichtung, die hier entstanden war. Die Sonne war verdeckt von unnatürlich schwarzen Wolken. Das Licht gewann einen violetten Ton und als die Wolken weiter zogen, flutete das gelbblaue Licht einer lachenden Sonne herein. Tr zählte acht Bäume in seiner unmittelbaren Umgebung, die, gebrochen, wirr übereinander lagen. Einige Schritte von ihm entfernt hatte sich ein abgerissener Ast durch die Wucht des Windes in die Erde gebohrt. Der Sturm war nur mehr ein fernes Rauschen, das sich aber auf das Dorf zubewegte. Ein letzter Blick zum Himmel und in die Richtung, aus der der Sturm gekommen war und Tr lief los.

Die Dächer mochten Regen und Schnee aushalten, aber dieser Sturm würde sie alle wegreißen. Er würde zwar zu spät kommen, aber helfen musste er. Tr sprang über gestürzte Bäume, kam aus dem dichter stehenden Wald in einen offeneren und eilte an den Gräbern vorbei. Durch die Bäume konnte er schon das Dorf sehen. Es hatte leicht zu regnen begonnen und als er aus dem Wald lief, konnte er seinen Augen kaum trauen. Seelenruhig gingen die Dorfbewohner ihren Arbeiten nach und störten sich kaum an den paar Tropfen. Der Sturm hatte sie verschont, hatte in seiner Stärke abgenommen, war zum Erliegen gekommen. Niemand von ihnen würde ihm glauben, dass ein Teil des Waldes zerstört worden war. Tr trat an die Brandgrube der vergangenen Nacht heran. Man hatte die verkohlten Holzreste weggeschafft, den Sand herausgeschaufelt. Die größeren Steine lagen aufgestapelt auf der Seite. Nur einige verkohlte Stellen an der Innenwand erinnerten an das Unglück. Der verletzte Mann kauerte noch immer unter dem Baum und stöhnte manchmal. Nichts war hier vorgefallen, seit Tr das Dorf in der Früh verlassen hatte. Er schüttelte verwundert den Kopf. Die Schatten wurden länger und Tr verstaute seine Sachen unter dem Dach. Die beiden Schaufeln waren zurück und Tr borgte sich eine aus. Tana wollte ihm eine geeignete Stelle für eine Hausgrube zeigen. Hinter dem Haus, das Matee bezogen hatte, in Richtung des Flusses, sollte Tr graben. Den Aushub sollte er zur Erhöhung des Bodens verwenden und größere Steine außerhalb der Grube gleich als Wand aufschichten. Er würde zweimal durch eine Lehmschichte graben, bei der dritten sollte er aufhören.Diese sollte als Fußboden dienen.Er würde dann bis zur Brust tief in der Erde stehen. Drei Schritte breit und fünf Schritte lang wäre eine gute Größe für ein Dach über dem Kopf. Den Lehm sollte er an einer eigenen Stelle sammeln. Mit all diesen Hinweisen ließ Tana ihn alleine zurück. Tr überlegte sich noch die Richtung, in die der Eingang liegen sollte und begann zu graben. Da er noch nie eine Schaufel in der Hand gehabt hatte, tat er sich anfangs schwer. Doch bald wusste er sie einerseits zum Stechen zu verwenden als auch zum

Heraustragen der Erde. Die Sonne strich an den Bäumen vorbei. Bald würde sie die Hügel in der Ferne berühren.

"Ohne Schaufel haben wir früher oft 18, tri oder 27, kat, Tage gebraucht, um ein Haus zu graben."
Setina stand an einer Ecke der Grube. Sie hatte einen Krug mit Wasser in der einen Hand und einen Fisch in der anderen. Tr hatte bereits knietief gegraben und war froh über die Unterbrechung. Eine Handbreit standen die gefundenen Steine schon über dem Platz aufgeschichtet. Auf eine dicke Lehmschichte war Tr bereits gestoßen. Mit Wasser vermischt würde er die Zwischenräume der Steine damit verschmieren. Als sich Setina zu ihm hinunter beugte um ihm den Krug zu reichen, griff sie ihm ans Kinn. Überrascht zuckte Tr zurück. Seit er auf seiner Kohee war, hatte er sich nicht mehr rasiert.

Setina zückte ein Messer und zeigte es ihm. Noch bevor die Sonne untergegangen war, wollte sie ihn neben dem Feuer am großen Platz damit rasieren. Tr schüttelte zuerst energisch den Kopf, doch Setina blieb hartnäckig. Er brachte die Schaufel zurück. Recht war es ihm nicht. Doch im Vergleich zu den Dorfbewohnern war sein Gesicht in den letzten Tagen ungepflegter erschienen. Bei den Tox war es nicht Sitte, einen Vollbart zu tragen. Außer dem alten Del hatte niemand einen Bart. Die jüngeren Männer achteten auf ihr Äußeres. Die Haare wurden mit Pflanzenölen gepflegt und der Körper am Fluss gereinigt, genauso wie der Tecido. Nach Wanars Angaben war Setina die beste Schaberin im Dorf. Außerdem wurde die Frau, die beim Brand ums Leben gekommen war, am folgenden Tag verabschiedet. Ihre Seele sollte Ruhe finden ihre Wanderung zu beginnen. Dafür sollte jeder, der Zeit fand, dabei sein, dem Anlass entsprechend gekleidet, gepflegt. Tr verstand. Die Kraft der Dorfgemeinschaft sollte die Frau tragen, begleiten, ihr helfen. Mit einem anderen Gefühl fand sich Tr am großen Platz ein. Ein aufgestelltes Stück Baumstamm war für ihn bereit. Setina bat ihn sich zu setzen. An einem Stück Leder streifte sie ihr Messer einige Male auf und ab. Tr spürte, wie Setina seine Bartstoppeln anfeuchtete und mit dem Messer darüber schabte. Mit jeder Bewegung wurde das Kratzen leiser. Immer mehr Haare fielen ihm in den Schoß. Bald war der Hals glatt rasiert, die Backen von Haaren befreit. Um den Mund ließ Setina besondere Sorgfalt walten. Tr spürte ihre warmen Hände an seinen Lippen. Die Finger zogen die Mundwinkel einmal auf die eine Seite, dann wieder auf die andere. Seine Nase wurde in die Höhe gedrückt und unter den Nasenflügeln spürte Tr ebenfalls das scharfe Eisen. Am Ende musste er sich vorbeugen und sein Gesicht abwaschen. Er fuhr sich mit der Hand um Kinn und Hals und fand, dass es sich gut anfühlte. Der Staub des Tages war fort, auch der Geruch nach Fisch. Belustigt hatten Pan und Matee zugesehen. Tagsüber waren einige der aufgebrachten oder verstoßenen Männer zu ihren

Frauen zurückgekehrt. Es ergab nur Sinn in die Zukunft zu schauen und der Brand hatte zusätzlich alle Gemüter wieder auf den Boden der Wirklichkeit zurück gebracht. Tr erzählte von seinem Ausflug zur großen Eiche und dem Wirbelsturm. Im Dorf war er zwar auch zu spüren und zu hören gewesen, aber lang nicht so zerstörerisch, wie Tr es beschrieb. Wanar kannte die Auswirkungen eines solchen Sturmes und konnte aus eigener Anschauung bestätigen, was Tr erlebt hatte. Die anderen Dorfbewohner, die ums Feuer saßen, nickten mit den Köpfen. Alle vier bis fünf Jahre kam ein derartiger Sturm auf. Man konnte ihn aber nicht vorhersehen, wie ein normales Gewitter. Der Sturm bildete sich aus dem Nichts und raste unaufhaltsam dahin. Er entstand plötzlich und endete plötzlich. Die alte Ale hatte Geister damit in Zusammenhang bringen wollen, doch das war schon vor fünf oder sechs großen Begegnungen gewesen. Niemand gab mehr Geistern dafür die Verantwortung. Natur war eben Natur. *Pan war es einmal im Wald passiert, dass ein Bienenvolk ausgezogen war, einen neuen Baumstamm zu suchen. Eine ungeheure Wolke war surrend und brummend vor ihm um einen Ast getanzt. Furchteinflößend brüllte diese Wolke. Pan hatte sie fasziniert beobachtet. So plötzlich wie sie aufgetaucht war, verschwand sie auch wieder im Zwielicht des Waldes. Ehrfürchtig war Pan stehen geblieben und hörte das Brummen immer leiser werden. Dann war wieder Stille eingekehrt.* Tana verglich einen Sturm gerne mit dem Hochwasser des Flusses nach einem starken Regenfall oder mit der Schneeschmelze im Frühjahr. Der sonst so ruhige Fluss trat oft unvorhergesehen über die Ufer, verbreiterte sich, riss loses Holz mit sich, türmte es an einem Stein, der ihm den Weg versperrte, auf und fand sich einen neuen Weg. War der Fluss in sein Bett zurückgekehrt, lag die Umgebung gereinigt vor einem. An bestimmten Stellen war das Treibholz zusammengehäuft, der Schlamm am Boden bot Pflanzen neue Nahrung und an manchen Stellen hatte sich der Fluss ein neues Bett geschürft. Veränderung. Veränderung machte den Fluss und seine Umgebung lebendig.

Tr bedankte sich bei Setina. Pan räusperte sich. Tr merkte, dass er mit ihm sprechen wollte. Am nächsten Tag würde ein großes Essen für die Dorfbewohner zubereitete werden. Dazu würden sie zwei Tiere schlachten. Pan wartete ab, bis er Trs volle Aufmerksamkeit hatte. Es würden zwei Ziegen sein. Tr sagte nichts. Es war ihm immer klar gewesen, dass er essen wollte und essen musste. Er hatte sich oft die Frage gestellt, wie eVre einmal sterben würde. Er hatte die Jagd des Menschen mit der der Wölfe oder Bären verglichen. Er hatte gesehen, wie Dachse und Füchse fraßen. Für ihn war jagen, erlegen, essen und gegebenenfalls selbst gejagt zu werden ein Kreislauf. Er würde eVre nie verspeisen wollen, dazu hatte er zu viel Zeit mit ihr verbracht. Aber namenlose Ziegen waren eine willkommene Abwechslung zu Fisch und Wurzeln. Die folgende Nacht verlief ohne Zwischenfälle. Tr lag noch länger wach. Die Vorkommnisse des vergangenen Tages berührten ihn und hatten auch ihn verändert.

Schnell und unvorhergesehen konnte etwas passieren. "Lebe jeden Tag, als ob es dein erster wäre."

Tr erinnerte sich an Meisterin Lin, die selber noch nach drei Begegnungen täglich über Wunder staunen konnte, die sie fand, beobachtete, die ihr begegneten.

Der nächste Morgen versprach einen sonnigen Tag. Tr holte sich die Schaufel und grub zunächst weiter an seinem Haus. Der verletzte Mann kam unter einem der Dächer hervor gehumpelt. Er hatte bei Nachbarn Unterschlupf gefunden. Es schien ihm besser zu gehen.

Einige Männer brachten ein großes Tuch, in das der Körper der verstorbenen Frau eingewickelt war und legten es unter den Baum.

"Wir tragen sie zum Friedhof und nehmen alle Gedanken des Dorfes mit. Im gemeinsamen Summen tragen wir die Seele der Frau in den Wald. Dort wird sie neu geboren. Ihre Kraft wird uns in Zukunft begleiten."

Gesina war an den Rand seiner Hausgrube getreten. Anscheinend hatte er das Geschehen unter dem Baum längere Zeit beobachtet und Gesina wollte es ihm erklären. Wenn die Sonne durch die Bäume zum Friedhof schien, wollten sie alle dort sein. Tr stieg aus der Grube und brachte die Schaufel zurück. Viele der Dorfbewohner waren schon am großen Platz. Ein leises Summen war zu hören. Tr stellte sich neben Pan. Das Tuch mit der Frau darin wurde hochgehoben. Das Summen verstärkte sich und die lange Reihe der Dorfbewohner setzte sich in Bewegung. Viele gingen voraus, einige machten den Abschluss. Immer war das Tuch in der Mitte. Der verletzte Mann humpelte mit, wurde manchmal gestützt. Ein schmales Viereck war am vorangegangenen Tag neben einer alten Buche ausgehoben worden. Tr hatte es in der Eile nach dem Sturm nicht bemerkt. Das Tuch wurde darin versenkt. Es war still im Wald, niemand sagte etwas oder summte. Erst als das Tuch losgelassen wurde und die Erde wieder in die Grube geschaufelt wurde, erhob sich abermals das laute Summen. Die meisten Dorfbewohner drehten um und gingen zurück. Ihr Summen verlor sich in der Ferne. Tr und Pan blieben noch stehen. Der verletzte Mann stand noch eine Weile am Grab, redete leise mit seinen Begleitern. Dann machte auch er kehrt und humpelte ins Dorf zurück.

Gegen Mittag wurden zwei Ziegenböcke gebracht und am großen Platz an zwei Pfählen angebunden. Ein Mann hielt eine Schale in den Händen. Ein zweiter packte einen Hinterfuß einer Ziege und schnitt eine Ader am Oberschenkel auf. Blut quoll heraus, das aufgefangen wurde. Mehrere Male stach der Mann nach. Jedes Mal meckerte die Ziege leise. Offensichtlich war es unangenehm, aber es tat nicht weh. Langsam wurde die Ziege müde und ließ sich auf die Handgelenke fallen. Die Schale füllte sich zusehends und die Ziege brach vollends ein. Sie lag auf der Seite und atmete ganz flach. Schließlich schloss sie die Augen und hörte auf zu atmen. Kurz versteifte sich der ganze Körper und erschlaffte endgültig. Tr dachte an das Schlachten in seinem Dorf. Ein am Ende abgeflachter Pflock wurde dem Tier an den Nacken gehalten. Mit einem größeren Stein oder einem großen Holzhammer wurde mit großer Wucht auf den Pflock geschlagen. Bei der Jagd mit Pfeil und Bogen oder mit dem Speer hatte Tr den Eindruck, dass die Tiere oft wegen des Schmerzes oder des Stresses oder auch wegen der Angst ohnmächtig wurden. Manchmal setzte dann auch gleich die Atmung aus und die Tiere schliefen sozusagen hinüber. Doch meistens musste man als Jäger schnell sein und bei dem angeschossenen Tier sein, bevor es aus der Ohnmacht wieder erwachte. Setina war mit ihrem Messer nicht nur beim Bart schneiden geschickt, sondern auch hier beim Häuten der Ziegen. Eine der Ziegen hing an einem Ast des Baumes. Einen Schnitt zog Setina vom Kinn über den Bauch zum After, und jeweils einen zu den vier Füßen. Als das Fell abgezogen war und auf einer Matte lag, öffnete sie den Bauch und entnahm alle Innereien. Die Speiseröhre schnitt sie knapp unter dem Kehlkopf ab, den Darm vor dem After. Sie band die Darmenden ab, dann trennte sie die inneren Organe von den großen Blutgefäßen, die weitgehend leer waren. Die Innereien ließ Setina auf eine andere Matte gleiten. Ihre Arbeit war an dieser Ziege erledigt. Das Gerben des Felles würde eine andere Frau übernehmen, das Zerteilen der Ziege einer von den Männern. Später würde Setina auch die zweite Ziege ausnehmen. Tr holte sich wieder eine Schaufel. Bis zum Abend wollte er mit seiner Hausgrube fertig sein. Setina brachte ihm später Wasser und ein Stück gebratene Ziege vorbei, doch sonst ließ er sich durch nichts ablenken. Gegen Abend erreichte Tr die angekündigte dritte Lehmschichte. Nun hatte er außen die Steinwand so hoch aufgeschichtet, wie er innen in die Tiefe gegraben hatte. Am nächsten Tag musste er sich passende Baumstämme suchen, um ein Viereck auf die aufgeschichteten Steine zu legen. Dann konnte das Dach gebaut werden. Seine Muskeln schmerzten vom Graben und die Finger waren wund vom Heben der Steine und dem Verschmieren mit Lehm. Er brauchte diesen Abend länger eine angenehme Schlafstellung zu finden, doch dann fiel er in einen traumlosen Schlaf.

Die nächsten zwei Tage war Tr damit beschäftigt, einerseits sein Dach über die Wohngrube aufzurichten, andererseits Lik zu helfen, den Ofen fertig zu bauen. Am ersten Nachmittag hielt sie ein Regenguss auf und Tr stand bis zum Knöchel tief im Wasser in seiner Wohngrube. Bis das versickert war, ging Tr in den Wald und holte frisches Reisig für das Dach. Anschließend sammelte er in der Nähe des Flusses Schilf. eVre lief immer fröhlich meckernd mit, ließ sich durch die Menschen, die am Fluss Fische fingen, nicht aus der Ruhe bringen. Tr wollte gerade zum Dorf zurückgehen, als am gegenüberliegenden Ufer eine Gestalt auftauchte.

Ein Mann aus dem Dorf war in der Früh aufgebrochen, um jenseits des Flusses nach Honig zu suchen. Nun hielt er nicht nur einen gefüllten Sack in der einen Hand fest sondern auch ein pfauchendes Etwas in der anderen. Der Mann winkte Tr und bat ihn, er möge ihm über den Fluss helfen. Tr warf das Schilf beiseite und stieg in den Fluss. Mit seiner Hisa stützte er sich immer wieder ab, dann war er am linken Flussufer. Der Mann hielt zwei pfauchende Bündel im Arm. "Lagen neben ihrer toten Mutter und schrien fürchterlich. Die hatte einen Pfeil im Leib."

Tr nahm die kleinen Kätzchen entgegen und folgte dem Mann durch den Fluss. Drüben nahm Mol die Vielfraßjungen wieder an sich. Sie waren noch klein, vielleicht 54, ki, Tage alt, brauchten aber nicht mehr unbedingt Milch, fraßen schon Fleisch mit. Doch der Schutz und die Führung durch die Mutter fehlten nun. Weitere Junge hatte Mol nicht gesehen.Im Dorf ging Mol gleich zu einem Haus hinüber, unter dessen Dach ein älterer Mann alleine lebte. Als Bursche hatte er auf seiner Kohee einen Luchs als Begleiter gehabt. Die zwei Junge würden mit dem Mann gut auskommen.Mol holte unter seinem Tecido den Pfeil heraus, der in der Vielfraßmutter gesteckt war und brachte ihn Tana. Er zeigte der Meisterin, wie tief er unter die Haut eingedrungen war. Im Hinterleib war er gesteckt und die

Vielfraßmutter war sicher noch davongerannt, bevor sie verendet war. Tana schüttelte den Kopf. Ein Tier sinnlos zu töten war gegen ihre Lebenseinstellung. Möglich, dass sie angegriffen hat, möglich, dass sie ihre Junge in Gefahr sah, doch die Tiefe des Einschlages wies auf eine größere Entfernung beim Schuss hin. Weit im Norden hatte Mol sie gefunden, in den weiten Wäldern des Hochlandes, die mit Buschwerk durchsetzt waren. Einige einsame Felsen wuchsen dort aus der Erde. Versteckmöglichkeiten gab es dort genug und gute Jagdmöglichkeiten für einen Vielfraß. Kaninchen, Rehe und Rebhühner, sowie Fasane gab es ebenfalls genug für einen geschickten menschlichen Jäger, der hungrig war. Warum also auf einen Vielfraß schießen? Der Pfeil war leider von jener Machart, die im Dorf hier geläufig war. Ein Eibenstock, geschnitzt, Federn am hinteren Ende, auch das vordere Ende geschlitzt, damit ein dreieckiger Knochensplitter eingeschoben werden konnte. Mit dünnen

Fäden wurde er festgehalten, mit Harz verklebt. Tana schüttelte den Kopf. Sie wollte es nicht glauben, sie musste es aber. Jemand aus dem Dorf, oder zumindest jemand, der solche Pfeile nachbaute, war für den Tod eines Muttertieres verantwortlich. Nach Norden. Wollten die beiden starrköpfigen Männer, die mit ihren Frauen nicht mehr reden konnten, nicht nach Norden? Doch warum sollten sie derart Unsinniges tun? Mochte Enttäuschung zu Brutalität führen? Mochte Ungewissheit zu Angst, Verzweiflung und Aggressivität verleiten? Tana sah zur Grube hinüber, die schon fast zugedeckt war. Die Verlängerung über die Stufen fehlte noch. Am nächsten Abend würde er umziehen können, wenn ihm Lik genügend Zeit gab. Der Ofen war ebenfalls fast fertig, schien es Tana. Ein bauchiges, oben zu sich verjüngendes, mannshohes Ding mit einem Loch in Bodenniveau stand neben der Feuerstelle am großen Platz. Unten war der Lehm bereits heller, weil trockener, nach obenhin noch dunkel. In der Früh des zweiten Tages wollten sie den Ofen beschütten und anheizen. Dann hieß es einen ganzen Tag gebrochene Steine und Holz schichtweise einfüllen. Lik konnte es kaum erwarten und kam immer wieder vorbei, ging um den Ofen herum und schaute in die Öffnungen. Tana lächelte. Lik benahm sich wie ein Vater zu seinem Kind.

"Ich gehe zwei Tage in den Norden, möchte sehen, was ich finde."

Tr drehte sich um. Setina stand am oberen Rand der Stufen und blickte zu ihm hinauf auf das Dach. Einige Lagen Reisig ruhten auf einer dicken Lage Schilf, darauf Steine, Wurzeln und Bruchstücke von nicht allzu dicken Baumstämmen, die als Gewicht dienten. Tr streckte die Füße und rutschte vom Dach. Die tote Vielfraßmutter könnte ein Versehen, ein Unfall gewesen sein. Doch Setina glaubte mehr zu finden. Der On vor ihr schaute sie fragend an. Sollte sie ihn auffordern mitzugehen oder würde er es von selber verstehen, warum sie es ihm gesagt hatte?

"Sechs Augen sehen mehr als vier."

Aha. Er wollte nicht alleine mit ihr unterwegs sein. Auch gut. Pan fiel nicht in die Auswahl, mit Gesina würde es zu anstrengend werden.

Ob fünf Augen auch reichen würden?

Setina sah, wie Tr sie überrascht von der Seite ansah.

Jok hatte vor ein paar Jahren ein Auge eingebüßt, als er einem angeschossenen Hirsch nachgelaufen war und in einen abgebrochenen Ast gerannt war. Eine helle Flüssigkeit war ausgeflossen und der Rest vom Auge war nach innen gefallen. Die Wundränder waren dann irgendwie zusammengewachsen. Das linke Auge sah seitdem aus wie ein schlecht verheilter Bauchnabel. Jok war ein herzensguter Mensch, der seinen Kopf immer ein wenig mehr nach links drehte als andere Menschen und auf dem linken Ohr auch besser zu hören schien. Bevor er auf der Jagd ein Tier schoss, beobachtete er es genau, wägte an der Bewegung die Größe ab und damit die Entfernung und zielte erst dann mit seinem Pfeil. Manchmal überkamen ihn Geisterschmerzen am linken Auge und er hatte das Gefühl, er müsste sich am Lid oder den Wimpern kratzen, obwohl sie gar nicht mehr vorhanden waren.

Jok hatte einen Bussard als Begleiter, obwohl er nicht weiter auf Kohee gehen würde. Doch was Jok nicht sah, sah der Bussard, ein Vogel, dessen Flügelspannweite mehr maß als Trs Armspanne. Der Bussard sah Tr mit strengen Augen an, deren Ausdruck durch eine Wölbung des Schädelknochens noch verstärkt wurde. Tr fühlte sich an ciPi erinnert, der Tr immer das Gefühl gab, beobachtet zu werden. Sie hatten Jok vor seinem Dach getroffen. Er hatte gerade angestrengt den Himmel beobachtet. Setina hatte versucht etwas zu erspähen, aber was immer dort oben zu sehen wäre, es war ihr verborgen geblieben. Jok hatte gelächelt. Tr sah, wie Jok ein Stück Fleisch in die Hand nahm und es zweimal in die Höhe warf. Beim dritten Mal schleuderte er es mit voller Kraft in die Luft. Tr beobachtete, wie das Stück in die Höhe flog, dabei kleiner und kleiner wurde. Am höchsten Punkt seines Fluges schien es kurz zu verweilen. Ein dunkler Fleck schoss durch das Blickfeld und dann war das Fleischstück

verschwunden. Ein kurzes, scharfes Rauschen erklang über dem Dach und ein Bussard landete darauf.
Jok grinste.
"utEo ist ein Meister des Fliegens."

Jok war so alt wie Setina.

Er war ein Suchender gewesen, der bei den Tox vorbei gekommen und hier dann hängen geblieben war. Jok wusste meist, was utEo gefunden hatte. Am Flug und am Schrei erkannte er es. Wenn er von einem in den anderen Aufwind wechselte, einfach einer anderen Flugrichtung folgte oder sich fallen ließ, um einen anderen Blickwinkel auf ein Geschehen oder eine Maus, einen Hasen zu gewinnen. Nur einmal war utEo vom Unglück gestreift worden. Offensichtlich hatte utEo eine Kreuzotter fangen wollen. Die Schlange war aber in den Federn der rechten Armschwinge stecken geblieben, hatte sich in der Haut verbissen und ihr gesamtes Gift in diese Schwinge gepumpt. Jok hatte den Bussard gefunden, als er schwer atmend auf der Seite lag. Möglich, dass utEo sich

erholt hätte, aber Jok stülpte ihm ein Stück Tuch über den Kopf,
entfernte den Kopf der Schlange, die vom scharfen Schnabel bereits in
einige Teile zerstückelt worden war und trug ihn ins Dorf. Jok stellte mit
ein paar Streifen eines Tuches die Flügel ruhig und fertigte eine kleine
Kappe, um die Augen zu bedecken. Im Dunklen verhielten sich die
meisten Vögel gelassener. Ins Wasser gab er ein paar Kräuter und gab
dem Bussard im Halbdunkel davon zu trinken. Nach einigen Tagen
konnte Jok die Augenklappen entfernen und utEo auf einen im Boden
eingelassenen Pfosten setzen. Er versuchte zwar wegzufliegen, aber die
Bänder um die Flügel und um eines der Beine hinderten ihn daran. Mit
der Zeit gewöhnte sich der Bussard an die Fütterungen und die Arme des
Mannes. Irgendwann war dann der Zeitpunkt gekommen, den Vogel
wieder frei zu lassen, er war aber immer wieder zurückgekehrt. Jok
fütterte ihn weiter und so konnte er sogar kleine Reisen unternehmen
und utEo flog mit. Schließlich jagte auch der Bussard und gab Jok von
seiner Beute ab.

Einen unbekannten Jäger, der eine Vielfraßmutter erlegt hatte,
zu jagen, schien ihm zu weit zu gehen, aber Nachforschungen
anzustellen schien ihm interessant, wenn nicht
wünschenswert. Ein Tier zu erlegen, ohne erkennbaren
Nutzen davon zu haben, ging auch Jok gegen den Strich. Tr
wollte noch sein Dach fertig decken, was bis zum Abend
erledigt sein sollte. Also sollte es am folgenden Morgen zeitig
in der Früh losgehen.

Bevor noch die Sonne über den Horizont steigen würde,
wollten sich die drei am Fluss treffen.

Die erste Nacht unter dem eigenen Dach war für Tr etwas
Besonderes. Die Wände rochen vom feuchten Lehm, das
Reisig war frisch und verbreitete ein harziges Aroma. Das
Schilf raschelte da und dort vom Gewicht der Steine und
einige Käfer krochen noch über die Blätter. Im Rauch des
Feuers würden sich alle Krabbeltiere ins Freie flüchten und
woanders Unterschlupf finden. Eine Schlafstelle hatte Tr
noch nicht. Dafür war die Zeit zu kurz gewesen, auch eVre
lag am nackten Boden vor der Tür. Aber sein Tecido und eine
Matte sowie das Wolfsfell mussten genügen. Der Boden war

noch kühl. Den aufgerauten Lehm würde er mit der Zeit wieder zusammenstampfen, dann entstand ein fester Untergrund. Die Feuerstelle stand leicht erhöht an einer Längsseite des Hauses. Sonst musste die Einrichtung noch warten. In die vier Hausecken wollte er später noch Baumstämme stellen und sie gegeneinander verspreizen, damit die Erde nicht herunterrieselte. Außerdem konnte er dann eine Türe bauen und das Haus besser vor Zugluft schützen.Tr traf Jok zeitig in der Früh, als dieser von der Fall Ab gerade zum Fluss ging, utEo saß noch auf seiner Schulter. Der Greifvogel würde erst später aufsteigen und die Welt von oben beobachten. Jok wartete in gebührendem Abstand und begleitete Tr dann zum Wasser. eVre begann schon zu fressen, als sie auf Setina warteten.

Zuerst hörten sie ein pfeifend grunzendes Geräusch, dann sahen sie ihn. Ein pelziges plumpes Etwas, dessen Haare fast am Boden schleiften, kam ihnen entgegengewackelt. Die Streifen im Gesicht bewiesen, dass es ein Dachs sein musste. Tr hob die Augenbrauen. Ein Verdacht bestätigte sich. Hier im Dorf hatten Mädchen Begleiter, streitbare Begleiter. Setina hatte ein Lächeln um den Mund.

"elEs."

Eine Feststellung. Die Augen wanderten bereits zum Fluss, Fragen würden also nicht beantwortet werden, noch nicht. Kleinere Wolken standen am Himmel, die von der Sonne rötlich beschienen wurden. Sie würde in ein paar Augenblicken aufgehen. Setina nahm elEs wie ein Kind unter den Vorderbeinen und trug ihn wie einen Sack durch das knietiefe Wasser. Tr schulterte eVre und tat es ihr gleich. Auch utEo war einfach sitzen geblieben und schwankte mit Jok über den Fluss. Jok hatte eine rötliche Hisa, die etwas länger war, fest in seinen Händen und stach immer weit vor ins Wasser hinein. Sandalen baumelten von seinem Vyo, der reich verziert war. Tr wollte ebenfalls viel Erfahrung sammeln und seinem Gürtel viele Siegel und Zeichen hinzufügen können.

Er setzte eVre ab und folgte Setina in den neuen unbekannten Wald. Sie achtete darauf, dass die Büsche nicht zu dicht wurden und viel Raum für Jok und seinen Vogel blieb. In Ufernähe standen Baumriesen mit viel Unterholz, doch schon bald öffnete sich der Wald zu einem lichten Bestand aus Eschen, Buchen und Pappeln. Ihre Kronen waren so dicht, dass nur wenig Licht für einige Pflanzen blieb. Das Vorwärtskommen war leicht. Der Boden war angenehm weich. Sanfte Hügel formten Wellen in die Landschaft. Einige Wildschweine grunzten in der Ferne, flohen als Schatten in das Dunkel des Waldes. Eine kleine Rinderherde kam ihnen entgegen. War einer der Bäume gefallen, hatte sich eine kleine Lichtung gebildet, die Gras und Stauden aufkommen ließ. Das Gelände begann fast unmerklich anzusteigen. Im Laufe des Vormittags kamen die Menschen an immer mehr Steinen und kleinen Felsen vorbei. Der Wald wurde lichter, niedriger. Fichten, Tannen und Kiefern wurden häufiger, Felsen standen oft schon zwei Mann hoch zwischen den Bäumen. Die Rücken der Hügel wurden flacher und der Boden durchwegs steiniger. Häufig mussten sie einen der vielen Bäche überqueren, die träge dahinflossen und keinem bestimmten Ziel zustrebten. Ein Hochland, feucht, ohne erkennbaren größeren Fluss, erstreckte sich vor ihnen. Die Bäche schienen im Nirgendwo zu versickern. Die Steine waren von Moos überwuchert, die Bäume trugen Flechten. Die Menschen hatten sich kaum Zeit genommen um zu rasten. Der Bussard war vermehrt aufgeflogen und hatte die Gegend erkundet, eVre hatte viele saftige Maul voll ergattert und der Dachs hatte sich über Würmer, Schnecken und allerlei Tausendfüßler gefreut, die er unter den Steinen hervorgrub.

So waren die Menschen meist still und in sich gekehrt nach Norden gegangen. Es war kühler geworden. Das Unterholz wuchs nun kräftiger und die allzu hohen Bäume wurden seltener. Es war lange nach Mittag, die Schatten wurden schon recht lang, als eVre wieder einmal stehen blieb. Sie hatte die Wildschweine, die Rinderherden und einige Hirsche in die Nase bekommen. Gelegentlich hatten sie Igel, Schlangen und Marder entdeckt, war aber nie so verschreckt stehen geblieben wie nun. Hinter ihren aufgerissenen Lidern starrten die weißen Augäpfel hervor und sie meckerte entsetzt. Jok schickte utEo los und Setina beobachtete elEs, wie er sich aufrichtete und schnupperte. Der Dachs hatte vor kaum etwas Angst, geschweige denn Respekt. Mit seinem scharfen Gebiss konnte er schmerzende Wunden reißen und seine vier Krallen an jedem Fuß waren gefürchtete Messer. Er schien Interesse zu haben an dem, was eVre bemerkt haben mochte. utEo war aufgestiegen und zog einige große Kreise, blieb dann auf einem Baum weit entfernt sitzen und äugte auf den Boden hinunter. elEs übernahm beim Weitergehen die Führung. Die Menschen folgten ihm. eVre blieb ganz weit hinten. Sie versuchten möglichst leise zu sein. Tr prüfte die Windrichtung. Sie gingen nach Norden und der Wind kam von Westen. Da konnte alles möglich sein. Entweder hatte das Etwas sie schon in die Nase bekommen oder auch nicht.

Wer wusste, ob es überhaupt etwas Lebendiges war? Sie gingen einen kleinen Graben hinunter, verloren utEo kurz aus dem Blickfeld. Der Bussard war unruhiger geworden. Er stieg von einem Bein aufs andere und konnte sich offenbar nicht entschließen zu starten. Manchmal senkte er den Kopf derart, dass Jok meinte, er würde sich gleich auf ein Opfer hinabstürzen, dann wieder streckte er Vogel den Hals, als würde er zu ihnen zurückfliegen. Ein Knurren war zu hören. Wölfe! Sie stritten um etwas. Das Knurren wurde von Jaulen abgelöst, dann kehrte es wieder zurück. Bellende Laute dazwischen zeugten von Meinungsverschiedenheiten innerhalb des Rudels. Setina deutete den anderen stehen zu bleiben und sich zu ducken. Sie zeigte den Hang hinauf. Unter einer großen Föhre stritten sieben Wölfe um Fleisch. Dunkelbraune Borsten hingen an Fleischstücken, die über den Boden geschleift wurden, sich mit Nadeln beklebten. Einige Reste lagen daneben im Gestrüpp. Auf die hatte es utEo offenbar abgesehen gehabt. Mäuler rissen neue Fetzen aus einem Kadaver, dessen Kopf unter einem Busch verborgen war. Tr konnte das Hinterteil des Tieres erkennen. Ein Schwanz mit Quaste endete nackt auf dunkler Haut. Borsten bedeckten den Kadaver. Ein Wildschwein war den Wölfen zum Opfer gefallen. Der rechte Schenkel war unnatürlich nach hinten gebogen, die Klauen fehlten bereits. Das Schwein war auf die linke Seite gefallen. Tr bemerkte, dass die Fleischstücke dunkelrot, fast schwarz waren von getrocknetem, gestocktem Blut. Hätten die Wölfe das Schwein gerade erjagt, wären die Stücke rosa gewesen und der Boden sowie die Schnauzen wären blutig gewesen. Tr erkannte außerdem ein gerades Stück Holz, das unter dem linken Schenkel herausschaute. Ein Pfeil hatte sich von hinten in das harte Fleisch gebohrt. Der hintere Teil mit der Feder war abgebrochen. Wahrscheinlich hatte das Schwein versucht den Pfeil heraus zu wetzen. Unter erfahrenen Jägern war dies eine schlimme Sache. Jeder gute Jäger schoss ein Tier nur von der Seite oder von vorne, um das Tier richtig zu treffen und ihm einen schnellen, möglichst schmerzarmen Tod zu gewähren. Dies hier musste ein unerfahrener oder törichter Jäger verschuldet haben, vielleicht auch ein in Not geratener oder aber gedankenloser, zorniger Mensch. Setina schüttelte den Kopf. Hier war nichts zu machen, außer den Pfeil zu bergen. elEs war bereits auf dem Weg und wollte sich ein kleines Stück Abendessen holen, bevor Setina ihn zurückrufen konnte. Die Wölfe reagierten auf den Auftritt eines vermeintlichen Futterkonkurrenten äußerst aggressiv. Ein Wolf schnappte auf elEs hin, versuchte ihn in den Nacken zu beißen. Geschickt wand sich der Dachs hin und her, entging immer den Attacken. Ein anderer Wolf versuchte seinen Schwanz zu erwischen. Dabei fuhr der Dachs mit seinen Hinterbeinen aus und schleuderte dem Wolf Sand entgegen. Ein dritter Wolf versuchte elEs umzudrehen und stieß ihn mit der Schnauze öfters an. Er ließ es aber bald bleiben, weil der Dachs mit seinen Zähnen doch recht wirksam zubiss. Als sich dann auch noch rufende und kreischende Menschen näherten, gab das Rudel zunächst auf und verzog sich knurrend und bellend. In gut 27, kat, Schritten Entfernung rannten die Wölfe unruhig hin und her und blickten wild herüber. Ihr Fressen war in Gefahr und sie wussten nicht, wie sie es wieder beschaffen konnten. Tr zog den Pfeil aus dem Schwein und übergab ihn Jok, der einige Fleischstücke für utEo und die drei Menschen geborgen hatte. elEs hatte sich selber bedient. Setina drehte den Kadaver um und sah, dass die geröteten Wundränder stark aufgeschwollen waren. Vom Schuss mit diesem Pfeil bis zum Tod des Tieres waren zwei Tage vergangen. Jok erkannte an der Pfeilspitze, dass sie im Dorf der Tox hergestellt worden war. Wieder ein Tier, das sinnlos getötet worden war, wenngleich die Wölfe hier etwas davon hatten. Die Menschen zogen weiter und hinterließen dem Rudel sein Fressen. Hinter ihnen konnten sie die Wölfe streiten hören. Bis zum Abend würde von dem Schwein nicht mehr viel übrig sein. eVre lief ihnen voraus. Sie war noch immer sehr wachsam, vergleichsweise aber entspannter. Sie fraß noch nicht, schaute oft zurück, sprang um Tr herum. Erst als die Gruppe Halt machte um ein Nachtlager aufzuschlagen, fraß sie wieder und legte sich schließlich zum Wiederkäuen hin.

"Eine schlimme Sache."

Jok verstand nicht, dass man darauf los schoss, nur um des Schießens willen. Wenn man sich gegenseitig bestärkte, konnte man viel Gutes tun oder sich gegenseitig in einen Sumpf reden, aus dem man nicht mehr heraus kam. Es gab selten Tiere, die in Rage gerieten und blindlings um sich bissen. Jok kannte Marder oder auch Dachse und Füchse, die, einmal in Blutrausch, alles erlegten, was ihnen zwischen die Zähne kam.

Mittlerweile war es wohl Gewissheit, dass die beiden Männer aus dem Dorf hier vorbei gekommen waren. Vel und Nat hatten sich auf den Weg in den Norden gemacht und ihre Pfeile lagen auf ihrem Weg.

Pfeile waren ein großer Verlust für einen Jäger, wenn er sie nicht wieder bekam.

Tr dachte zurück, als er begonnen hatte zu jagen. Als Kind noch stellte er seinen ersten Bogen her, schoss auf Strohmatten oder alte Säcke. Er übte das Anschleichen, musste auf seine Kleidung und den Sohlenschutz dabei achten, im Liegen, Stehen oder Knien schießen. Seine Treffsicherheit wurde besser. Die Kinder und später die Baldinge zogen sich gegenseitig selbst gefertigte Tiere aus Leder über den Platz, markierten Stellen, an denen der Pfeil treffen sollte.

Als Suchender musste man...

"Es beginnt wieder."

Setina hatte die Gabe, Tr aus seinen schönen Tagträumen zu reißen. Es war dunkel geworden und der Sternenhimmel funkelte bereits. Wenn die große Begegnung bevorstand, begann davor auch ein Regen an Sternschnuppen, der selbst noch ein wenig andauerte, wenn die Begegnung schon zu Ende war. Die Sternschnuppen zogen helle Streifen über den Himmel, leuchteten nur ganz kurz. Setina erinnerte sich dabei an ein Spiel.

Als Kind hatte sie gelernt, flache Steine so über die Wasseroberfläche zu schießen, dass sie an ihr abprallten und mehrmals an ihr entlangsprangen. Für die Fische unter Wasser musste die Berührung des Steines mit der Wasseroberfläche wie ein kurzer Streifen aussehen. War da über dem Himmel jemand, der im Spiel Streifen über den Himmel zog?

Tr lächelte schief. Eine absurde Idee, die Setina hier ausgesprochen hatte. Joks Auge traf ihn wie ein Blitz.

"Alles, was du dir vorstellen kannst, könnte es auch geben."

Jok stellte sich vor, er könnte fliegen, wenn er nur genug lange Federn fände, die er sich an die Arme binden könnte. Tr schüttelte den Kopf. Er dachte an die Fische, die unter Wasser atmen konnten. Er würde es nie können.

"Alles, was du dir ausdenken kannst, gibt es in der Natur schon."

Setina versuchte ihn zu begeistern.

Tiere konnten in der Luft fliegen, andere im Wasser ständig tauchen. Tiere lebten auf der Erde oder sogar darunter. Gab es Leben über dem Himmel? Plötzlich kam ihm eine erschreckende Idee.

Konnten Vögel bei der großen Begegnung hinüberfliegen? Jok lachte. Selbst für utEo wäre es wahrscheinlich zu weit, ohne sich ausrasten zu können.

Tr hatte die große Begegnung noch nicht bewusst miterlebt. Ja, er war bei der vorhergehenden geboren worden, doch da war er noch ein Säugling gewesen. Setina konnte ihm darüber mehr erzählen. Am Himmel erschien die Scheibe. Je größer sie wurde, umso mehr fehlte von ihrem linken Rand. In der Zeit der größten Begegnung war sie nur eine schmale Sichel. Von einem auf den anderen Tag wechselte die Sichel ihre Ausrichtung von rechts nach links und wurde kleiner aber voller. Jeden Tag sah man andere Zeichnungen oder Bilder auf der Scheibe. Deshalb nahmen die Meister an, die Scheibe müsste ein Ball sein, der sich drehte. Eine andere Erde müsste da an ihnen vorbeiziehen. Tr hatte davon gehört. Er wollte noch wissen, wie groß denn dieser Ball, die andere Erde, wäre. Setina streckte die Hände aus und umfasste in der Luft einen gedachten Kopf eines Menschen.

"Dreimal so groß wie die Sonne."

Ja, es würde spannend werden. Die Zeit um die andere Erde zu zeichnen würde Tr nutzen. Papier und dünne Häute hatte er schon im Dorf gesehen, geschnitzten schwarzen Stein und Tinte und Vogelfedern. Alles war bereit, die große Begegnung konnte kommen. Doch zuerst wollten sie die beiden Männer finden und sie zur Rede stellen, warum sie denn wild um sich schossen, ohne Mitleid.

Für Tr war es eine unruhige Nacht.

Wenn er aufwachte, starrte er in den Himmel, wälzte Ideen hin und her, hörte Geräusche im Wald. Der kleine neue Punkt am westlichen Abendhimmel war schon lange untergegangen, aber er beschäftigte Tr immer mehr. Er legte Holz nach und das Lagerfeuer wärmte etwas mehr. Fledermäuse jagten vorbei und schnappten sich die unvorsichtigen Mücken, die vom Schein des Feuers angelockt wurden. Sie hatten keine Reihenfolge der Nachtwache ausgemacht. Wer gerade wach war, legte nach, sah oder hörte nach dem Rechten und schaute, was die Begleiter machten. eVre schlief friedlich, utEo am Baum hatte den Kopf eingezogen. Nur elEs war unterwegs und spionierte Baue aus, drehte Steine um und schmatzte hingebungsvoll, wenn er Würmer, Asseln oder eine Maus erwischte. Feuer war ungewöhnlich in dieser Gegend, deshalb mieden die anderen Tiere für diese Nacht jene Stelle. Plötzlich knackte es hinter Tr. Er fuhr hoch. Setina und Jok hatten es nicht gehört, sie schliefen friedlich weiter. Wieder! Tr schaute zu eVre, die zwischen ihm und Jok lag. Sie hatte den Kopf gehoben, schaute ihn aber nur verschlafen und verständnislos an. Ein leises Meckern verhieß Unmut über die Störung. Tr hockte sich auf und blickte in die Dunkelheit zwischen den niedrigen Bäumen und dichten Sträuchern. Ein Schatten bewegte sich. Zweige schwangen verräterisch. Etwas kam mit größerer Geschwindigkeit auf sie zu. Entsetzt sah Tr zu eVre, die den

Kopf wieder auf die Vorderbeine gelegt hatte. Erkannte sie die Gefahr nicht? Ein grau-schwarz gestreiftes Fellbündel schoss aus dem Dunkel und legte sich neben das Feuer. Tr starrte ungläubig auf elEs herab. Schnell legte er sich selber wieder hin und deckte sich zu. Hoffentlich hatte ihn Setina oder Jok nicht beobachtet!

Ein Stoß mit einer Hisa weckte ihn unsanft. Nach langen, quälenden Gedanken war Tr endlich eingeschlafen.

Jok stupste ihn mit seiner Hisa abermals an. Die Sonne war gerade aufgegangen, Nebel lag über der Landschaft. utEo hatte ein Rebhuhn erjagt, das als Frühstück neben dem Feuer lag.Innereien und Kopf fand Tr in den Fängen des Bussards oben im Baum, die Federn gerupft auf einem Häufchen hinter Setina. Tr bekam eine der Keulen zu knabbern. Setina biss gerade in einen der Flügel, als sie etwas Hartes zwischen den

Zähnen spürte. Sie spuckte es neben dem Feuer aus. Ein kleines, dreieckiges Steinchen fiel ins Moos. Setina hob es auf und betrachtete es genauer. Jok riss die Augen auf. Eine Pfeilspitze ohne Schaft und Feder war im Rebhuhn gesteckt. Eine leichte Beute für utEo, aber eine erschreckende. Die Zeit drängte. Sie mussten weiter, bevor noch mehr Tiere vom Zorn zweier Menschen unnötig Schmerzen zugefügt wurden. In aller Eile aßen sie fertig, löschten das Feuer und gingen weiter Richtung Norden.

Der Wald öffnete sich mehr und mehr. Man konnte weit sehen. Kleine Herden von Moschusochsen streiften über das Hochland. Ihr zottiges Fell hing bis zum Boden. Die Füße waren kaum zu sehen, nur zu erahnen, da, wo sie das Fell im Rhythmus ihrer Schritte bewegten. Die bulligen Köpfe mit den breiten Hörnern tauchten ins Moos ein, holten Flechten heraus. Lange Zungen pflückten Blätter von den spärlich stehenden Bäumen. Jok war schon einmal mit einem Männchen zusammengestoßen, wie er sich ausdrückte.

Er war einer Herde zu nahe gekommen und ein Männchen hatte ihn wohl als Angreifer gesehen und war ihm nachgerannt. Glücklicherweise war ein Baum in der Nähe gestanden. Zuerst hatte sich Jok dahinter versteckt. Doch der Bulle war immer wieder um den Baum gerannt. So musste Jok sich auf einen Ast flüchten. Der Bulle erkannt ihn in der Höhe nicht mehr und hatte schließlich von seinen Angriffen abgelassen. Die Herde hatte noch den ganzen Nachmittag das Gras um den Baum herum abgefressen, sodass Jok doch ziemlich lange hatte ausharren müssen.

eVre meckerte und hob die Nase. Auch elEs hatte sich kurz auf seinen Hinterbeinen erhoben. Beide blickten in dieselbe Richtung. Sie wich von dem Weg, den die Menschen gehen wollten, deutlich ab. Doch alle drei nahmen ihre Hisa fest in die Hand und gingen in die angezeigte Richtung. Eine Baumgruppe aus drei verkrüppelten Tannen und einer schiefen Lärche lag vor ihnen. In der Mitte erblickten sie eine dunkle Stelle. Als sie näher kamen, erkannten sie eine kalte Feuerstelle. Einige Knochen lagen herum, der Kopf eines

Hasen. Zwei sandige Stellen wiesen auf zwei Schlaflager hin. Spuren entfernten sich davon. Jok fand regelmäßig drei Abdrücke von Füßen, den tiefen Abdruck einer Hisa und eine Schleifspur. Tr runzelte die Stirn. Setina hob die Augenbrauen. Eine Verletzung am Fuß.

Nichts Ungewöhnliches, aber schmerzhaft offensichtlich. Das schnelle Weiterkommen war behindert und die Treffsicherheit mit dem Pfeil wohl auch. Das Feuer war schon vor mehreren Tagen erloschen. Der Nebel und der Tau hatten aus der Asche eine feste Deckschichte gebildet.

Die Spuren konnten nun leicht verfolgt werden. Geknickte Zweige und die Einstiche der Hisa waren deutlich zu sehen. Nur einmal, über steinigem Gelände verlor sich die Spur. Doch im gegenüberliegenden Gras fanden sich erste Blutstropfen, die verschmierte Fäden zogen. Eine Wunde war aufgerissen. An manchen Stellen fand sich mehr Blut, etwa unter Baumstümpfen oder größeren Steinen. Hier hatte der Verletzte gesessen. Das Gelände fiel ein wenig ab und sie näherten sich einem Bach. Das Gras wurde höher und dichter. Die langen schmalen Blätter schnitten unangenehm in den Unterschenkel. Einige Birken bestimmten, wo Schatten hinfiel. Ein Rabe nahm Reißaus, als utEo über ihm Kreise zog. Ein unerfreutes Krächzen verklang hinter den nächsten Bäumen. Der Bussard hatte sich weit unten über dem Bach auf einen Ast gesetzt. eVre zeigte Ungewohntes an und die Menschen näherten sich vorsichtig dem Bach. Im Schatten der Büsche lag etwas Dunkles im Wasser. Ein nasses Fell, einige Haare bewegten sich im Rhythmus der Wellen, die der Bach um die Steine herum erzeugte. Setina suchte die Umgebung mit den Augen ab. Niemand sonst versteckte sich hinter den Büschen oder größeren Steinen. Jok beobachtete utEo, der von seinem Baum aus nur auf das Fell unter ihm äugte. Sie hatten noch gut 81, kwi, Schritte zum Bach, als alle drei zu laufen begannen. Aus dem Fell schauten Finger hervor und die Beine im Wasser waren dick angeschwollen. Der Kopf lag zwischen Steinen, die Nase ragte aus dem

Wasser heraus. Ein Auge war zerstochen. Rasch zogen die Menschen den Mann an Land. Doch hier war kein Leben mehr in dem Körper.

"Vel."

Jok schüttelte den Kopf. Er hatte eine Tochter, verließ die Familie wegen gekränkter Eitelkeit, verlor sein Leben an einem Bach. Ein guter Hausbauer, Jäger, kannte sich mit den Ziegen aus und hatte einst einen Wolf als Begleiter. Der ruhte schon seit langem im Wald hinter dem Dorf. Doch Vel würde hier im Hochland, in der Nähe des Baches von diesem Leben in ein anderes wechseln. Setina hatte die Füße des Toten untersucht aber keine Verletzung gefunden. Dafür war am Hinterkopf eine kleine eingedrückte Stelle zu finden gewesen. Wahrscheinlich war Vel gestürzt. Zwischen den Steinen im Wasser hatte Setina kein Blut mehr gefunden. Die Wellen hatten alles weggespült.

Am Bach war es nicht weiter schwer, Steine zu finden, mit denen sie den Körper bedecken konnten. Raubtiere und Aasfresser konnten sie damit abhalten, die Fliegen jedoch nicht. Die Körperteile würden zusammen bleiben. Die Hisa konnten sie nirgends finden. Sie war wohl längst vom Bach davongetragen worden.

Jok starrte mit seinem Auge auf den Steinhaufen.

Er hoffte, dass Vel die Gelegenheit bekam, seinen Starrsinn und Hass abzulegen. Auch Tr hätte gerne gewusst, wo Vel jetzt war. Nicht sein Körper, nein, seine Ideen, seine Gedanken, das was er erlebt hatte, wo kam sein Selbst hin?

"Wenn du geschlafen hast, wachst du auf und weißt nicht, wieviel Zeit vergangen ist."

Als Jok sein Auge verloren hatte, war er lange ohnmächtig gewesen. Er konnte sich an die Zeit kurz zuvor und an den langen Schlaf nicht erinnern. So müsste es sein, tot zu sein. Dann erwachte man. Und dann? Jok zuckte mit den Schultern. Setina lächelte. Tr ließ unbefriedigt die Schultern hängen. Auf der anderen Bachseite wollten sie nach weiteren Spuren suchen. Regelmäßige Eindrücke im Boden zeigten, dass der Verletzte mit beiden Hisa unterwegs war. Zunächst waren die Eindrücke recht weit auseinander, ihr Abstand schrumpfte aber zusehends. Der Mann war müde und langsamer geworden. Anfangs wollte er sicher fluchtartig den Ort der Tragödie verlassen. Doch seine Kräfte schrumpften. Alleine ohne Begleiter und ohne Beistand war es schwierig, sich gegenüber Raubtieren zu behaupten. Tr schauderte. Wölfe hatten sie in dieser Gegend noch keine gesehen, aber Bären, die Junge führten, oder Wildschweine mit ihren Frischlingen konnten recht unangenehm werden. Die Sonne war untergegangen als die Gruppe sich einem kleinen Wäldchen näherte. Am Rande wollten sie ihr Nachtlager aufschlagen. utEo hatte zwei Hasen gefangen. Einige frühreife Beeren und Blätter von Stauden besserten das Abendessen zusätzlich auf. Der Punkt am Himmel, die andere Erde, schwebte noch über ihnen und würde gegen Mitternacht untergehen. Ein paar Sternschnuppen überholten sie. Nebel stieg auf und verdeckte den freien Blick zum Himmel. Eine eigenartige Stimmung machte sich breit. Das abendliche Vogelgezwitscher, die Rufe aus dem Wald und die Geräusche zwischen den Bäumen wurden in ein besonderes Echo getaucht. Dumpf und mehrstimmig kamen Laute aus dem Nebel. Nebelschwaden waberten am Lagerfeuer vorbei. Das Feuer warf dreidimensionale Schatten der drei Menschen in den Nebel und man vermeinte Geister zu sehen. Die Feuchtigkeit legte sich auf die Haut. Tr fröstelte. Er rückte näher ans Feuer. Funken, die in die Höhe stoben, versuchten den Nebel zu vertreiben, wurden von ihm gelöscht. Ein Käuzchen rief in der Nähe, ein anderes antwortete aus der Ferne.Ein Rehbock bellte.   Er musste seine Weibchen zusammenhalten und sein Revier verteidigen.

eVre sprang auf. Tr packte sofort seine Hisa. Jok suchte die Nebelwand ab. Setina lauschte angestrengt in die Nacht. eVre meckerte nicht. Sie starrte in den Nebel. Gefahr in der Nähe ließ sie verstummen. Sie stand reglos neben dem Feuer, nur ihre Nase spielte aufgeregt. Der kaum merkliche Wind wehte in die entgegengesetzte Richtung. Im Fauchen des Feuers konnten die Menschen keine anderen Geräusche heraushören.

Jok beobachtete elEs. Er war auf den Beinen, ging rückwärts und pfauchte in den Nebel. Er hatte vor keinem anderen Tier Angst. Nur einem wollte er nicht im Kampf begegnen. Setina hörte ein leises Tapsen. Ein Zweig brach, Blätter rauschten an einem Körper vorbei. Der Unbekannte war selbstbewusst. Tr schaute stirnrunzelnd zu Jok hinüber. Jok zeigte die Größe mit Brusthöhe an und formte mit den Fäusten Ohren über seinem Kopf. Ein Bär. Tr hielt seine Hisa wie einen Speer vor sich. eVre drehte langsam ihren Kopf und auch elEs drehte sich langsam, rückwärtsgehend um das Feuer. Eine dreiviertel Runde drehte der Bär um das Feuer. Nichts war zu sehen. Gelegentlich brach ein altes Stück Holz. Nur einmal glaubte Tr ein Schnaufen zu hören. Langsam wurden die beiden Begleiter ruhiger. elEs begann sein Fell zu putzen. eVre starrte noch eine Weile in eine bestimmte Richtung, dann rülpste sie hingebungsvoll und legte sich wieder hin. Der Spuk war vorbei. Setina schaute mit großen Augen zu Tr hinüber. Er zuckte mit den Schultern. Lange blieb es still. Sicherheitshalber lauschten die Menschen in die Nacht.

"Einen Tag noch, dann gehen wir zurück."

Jok hatte genug gesehen. Setina und Tr nickten. Diese Nacht wollten sie doch lieber Wache halten. Tr übernahm sie von Setina, gab sie an Jok weiter. Tr erwachte, als das Feuer gerade neue Nahrung bekam und fröhlich knisterte. utEo hatte noch nichts gefangen. Sie würden erst weiterziehen müssen, vielleicht selber etwas finden. Der Nebel hob sich im Laufe des Vormittages und gegen Mittag wurde es sonnig. Sie waren an drei Bächen vorbeigekommen. In einem hatten sie zwei Fische gefangen. Die beiden anderen Gewässer waren zu klein um genügend große Fische zu tragen. utEo ließ sich von der wärmer werdenden Luft in die Höhe tragen. Einmal schoss er in die eine Richtung, dann in die andere davon, kehrte wieder in einen Kreis über den Köpfen der Menschen zurück. Von Zeit zu Zeit pfiff er, tat seine Anwesenheit kund und wartete auf eine mögliche Verteidigung eines fremden Reviers, in das er vielleicht eingedrungen sein mochte. Außer einer Krähe, die er erschreckt hatte, bedrängte ihn sonst niemand. Die Sonne stand am höchsten, als utEo vorschoss und weit vor den Menschen einige Kreise flog und sich auf einen Baum setzte. Jok runzelte die Stirn. utEo kam nicht zurück. Er hatte etwas gefunden und zeigte es an. Vor ihnen lag eine freie Fläche mit Gras, niedrigem Gestrüpp. Der Boden war trocken. Kleine Ameisen hatten Haufen an den Halmen in die Höhe gebaut. Die Wurzeln der Gräser hatten die Erde in die Höhe gedrückt und bildeten Buckel. Die Abdrücke der beiden Hisa waren unverkennbar, aber gut zwei Tage alt. Tr erkannte, dass sie den Verletzten nicht mehr einholen würden. Trotzdem näherten sie sich vorsichtig der Stelle, über der utEo saß. Eine dunkle Stelle am Boden wies auf ein Lagerfeuer hin. Es war vor einem größeren Stein entzündet worden. Es war einfach ausgegangen. Jemand hatte sich keine Mühe gemacht, die verbliebenen verkohlten Stücke auseinander zu schieben, die Asche zu verteilen und Sand darüber zu streuen. Hinter dem Stein fanden sie zu ihrer Überraschung die beiden Beutel. Der Tote hatte seine nicht mehr bei sich gehabt. Wahrscheinlich hatte sie der Überlebende mitgenommen. Doch nun lagen beide hier. Setina stieß ein Seufzen aus. Sie war einige Schritte weiter gegangen und hatte zerwühltes Gras gefunden. Blut klebte am Boden, ein Stück eines Stoffes lag darin. Ein Kampf hatte stattgefunden. Eine zunehmend blutige Spur führte weiter zu einer Baumgruppe. Einige Schritte weiter lag ein Tecido am Boden. Eine Hisa war gebrochen und ihr unterer Teil steckte zwischen zwei Steinen fest. elEs schaute interessiert und eVre blieb hinter der kalten Feuerstelle zurück. Das Gras war zerwühlt, niedergetrampelt. Ein angekohlter Stock lag unweit der Feuerstelle im Gras. Er war als Fackel verwendet worden, war dann am Boden gelandet. Hinter dem nächsten Busch sah Tr etwas Hautfarbenes liegen. Eine Sandale war noch an den einen Fuß gebunden. Der andere unnatürlich verdreht, das Knie offen. Ein Rumpf schloss sich daran an, den Rücken nach oben gewandt. Jeweils fünf tiefe Schnitte zogen sich quer von den Schulterblättern bis über das Gesäß. Das Genick hatte eine Stufe und das Gesicht lag seitlich im Gras. Getrocknetes Blut formte dicke Strähnen aus vier Löchern am Schädel. Die eine Hälfte des Gesichtes schien zu fehlen. Augapfel und Nasenflügel waren zerfetzt, Backenzähnen fehlte die Backe und ein Ohr hing nur mehr an wenigen Sehnen. Jok meinte, Nat gerade noch erkennen zu können. Den Abdrücken der Tatzen in der Erde nach zu urteilen, müsste Nat an einen Bären geraten sein. Am Lagerfeuer lag nur mehr der Bogen aber kein Pfeil dazu. Tr dachte an den vergangenen Abend. Wären sie leichtsinnig gewesen und hätten blind in die Nacht geschossen, hätte ein Unglück passieren können. Ein verletzter Bär war unberechenbar, besonders in seinem Angriff. Es war zu vermuten, dass erst der Gebrauch der Waffe tödlich für Nat gewesen war. Als sie seinen Körper umdrehten, sahen sie, dass der Bär ihn sozusagen mehrfach getötet hatte. Aus dem aufgerissenen Bauch quollen die Gedärme, bereits aufgebläht und aschfahl. Ein Lungenflügel lag offen und die Leber war von einem Kleintier bereits angefressen worden. Einige wenige Fliegen flogen auf, Ameisen hatten begonnen in die Muskeln hineinzuarbeiten. Es schien gar nicht sicher, dass sie Nat ein Stück weit schleifen konnten, ohne etwas von seinem Körper zu verlieren. Sein Tecido konnte noch zusammen halten, was zusammen gehörte und so schliffen sie Nat hinüber zu einer Stelle, an der mehrere Steine aus dem Boden schauten. Trotzdem dauerte es den ganzen Nachmittag, bis ein Steinhügel über ihm errichtet war. Den Bogen legte Setina darauf, entspannte aber symbolisch die Sehne. Jok hatte die Teile der Hisa eingesammelt, hatte die zweite Hisa ebenfalls gefunden und steckte sie rund um den kleinen Hügel in die Erde. Die drei Menschen wollten diesen Ort so schnell wie möglich verlassen und wandten sich gegen Süden in Richtung ihres Dorfes. Wolken waren aufgezogen und verdunkelten schon frühzeitig den Himmel. Wind kam auf und erste Tropfen fielen. Unter einer verkrüppelten Tanne fanden sie einigermaßen Schutz. Für diese Nacht fanden sie zu wenig Brennholz. Sie drängten sich eng aneinander, schliefen im Sitzen und lehnten sich an den Baum. Bis Mitternacht regnete es stark.

Mehrere Rinnsale liefen am Boden am Stamm vorbei und einige auch an ihm herab. Setina fröstelte. Jok und Tr lehnten sich mit den Rücken gegeneinander, Setina quer zu ihnen an deren Schultern. Felle und Tecidos formten ein Zelt um alle drei. Sterne waren keine zu sehen. Immer wieder nickte Tr ein und verlor dazwischen das Zeitgefühl. Manchmal glaubte er, der Regen ließe nach, dann schüttete es wieder. Nach einer Ewigkeit schien ihm, dass er im Osten einen leichten hellen Schein hinter einem Horizont sah, der sich grau aus dem Nebel abzeichnete. Der Hunger hatte sich ebenfalls bemerkbar gemacht und seine Beine waren eingeschlafen.

Jok reckte sich und weckte damit auch Setina auf. Das wenige Holz reichte gerade um die Fische zu räuchern. Die Tecidos blieben feucht und kalt, ein unerfreulicher Anfang eines Tages.

Das Marschieren durch das feuchte Gras war rutschig. Sie kamen an ihrer eigenen kalten Feuerstelle vorbei, am Steinhaufen für Vel und schafften es sogar bis in die Nähe des toten Wildschweines. elEs hatte einen Kaninchenbau entdeckt und Jok hatte sich auf die Lauer gelegt. Bis zur Dämmerung hatte er warten müssen, doch dann waren ihm drei unvorsichtige Kaninchen vor die Pfeile gesprungen. Der erste Pfeil riss ein Kaninchen mit sich und steckte in einem Baumstamm. Der zweite Pfeil erwischte das Kaninchen im Sprung vorwärts, sodass es leblos mit dem Pfeil in der Brust zu Boden stürzte. Als das dritte Kaninchen erschien, war Jok bereits aufgestanden. Er legte an. Ein splitterndes Geräusch und ein erschrockenes Pfeifen waren zu hören. Dann Stille. Jok kam mit drei Kaninchen zum Lagerfeuer zurück. Der letzte Pfeil war ihm an einem Stein zerbrochen. Nach zwei Tagen konnten sich die Menschen satt essen und so richtig aufwärmen. Vereinzelt waren Wolkenfetzen unterwegs. Tr konnte nicht den gesamten Himmel überblicken, aber genug um zu wissen, wann er Jok wecken sollte. Mit einem kurzen Brummen erhob sich Jok. Er war am Abend noch länger wach gelegen. Sein Schlaf war unruhig gewesen. Es fröstelte ihn und er legte ungewohnt viel Holz nach. Jedes Jahr zur selben Zeit schmerzte ihn das zerstörte Auge, als ob es sich gemerkt hätte, wann der Unfall passiert war. Da half kein Kratzen oder Wischen. Der Schmerz kam von innen heraus, verdichtete sich an einem Punkt und explodierte. Zwei Tage würde der Geist in seinem Auge wüten, dann wäre es wieder vorbei für ein Jahr. Jok blickte zu Setina hinüber. Die Narben in ihrem Gesicht wurden vom Schein des Feuers in mystisches Flackern getaucht. elEs war zurückgekehrt. Am Abend hatte er sich auf Pirsch begeben und erschien nach Mitternacht zufrieden wieder neben dem Lagerfeuer. Nun lag er neben Setina und schmiegte sich an ihren Rücken. Der Rauch zog abwechselnd in verschiedene Richtungen davon und manchmal nieste elEs. Er hatte sich eingerollt und die Nase unter einen Hinterfuß gesteckt. Jok zuckte mit den Schultern. elEs war fast ständig auf den Beinen. Tagsüber hielt er mit den Menschen mit, in der Nacht suchte er sich Leckerbissen. Die kurze Zeit Ruhe oder Schlaf genügten ihm anscheinend. eVre war da anders. Entweder rannte sie umher auf der Suche nach Blättern und Gräsern oder sie lag schlafend oder wiederkäuend neben Tr. Neben Jok raschelte es. Ein Igel suchte in der vermeintlichen Dämmerung in der Nähe des Feuers nach Würmern, Spitzmäusen oder Schnecken. Einige Motten kreisten um das Feuer. Manche stürzten sich in das Licht, andere wurden von den Fledermäusen erwischt. Ein kühler Wind wehte vom Hochland herunter. Am nächsten Tag würden sie das Dorf erreichen, doch viele Bäche und Täler lagen noch vor ihnen. Jok dachte an die hohen Wipfel der Fichten und Tannen, die

um das Dorf wuchsen, auf denen utEo landen konnte. Seine Wohngrube hatte ein längeres Dach bekommen und der neue Ofen für das Eisen glühte rot. Er war zu heiß geworden und zerbrach. Ein brennendes Stück raste auf ihn zu und traf ihn am Auge. Er schrie auf. Jok riss das gesunde Auge auf. utEo kreischte. Er war eingeschlafen! Die Dämmerung war hinter den Hügeln zu sehen. Rasch legte Jok Holz nach und sprang auf. Setina und Tr waren ebenfalls aufgesprungen. Zahlreiche Vögel waren in der Ferne über den Bäumen aufgestiegen. Ein aufgeregtes Kreischen und Zwitschern drang herüber. Ein fernes Grollen ließ den Boden unter ihren Füßen zittern. Jok sah zu utEo hinauf. Er konnte keine bestimmte Richtung ausmachen, in die der Bussard schaute. Der Vogel drehte seinen Kopf. Die Gefahr, die er wahrnahm, schien aus keiner bestimmten Richtung zu kommen. Tr blickte fragend zu Jok hinüber. Jok hob die Augenbraue. Gelassen legte er seine Hisa wieder hin. Auch Setina hatte sich wieder entspannt.
"Vögel merken es als erste."
Setina setzte sich wieder. Das Feuer brannte heller. Drei kleine graue Felle lagen eingerollt daneben, die Reste vom Abendessen auf einem der Steine rund um die Feuerstelle. Jok hob ein rohes Stück Fleisch in die Höhe. utEo startete von seinem Baum und Jok schleuderte das Fleisch in die Höhe. Tr war immer wieder davon fasziniert, wie leicht der Vogel im Flug seine Beute fing.
"Jede Begegnung bringt Veränderungen."
Jok grinste. Tr schaute ihn weiterhin fragend an. Zur Zeit der großen Begegnung bewegte sich sogar die Erde. Sie zitterte oft, Felsen brachen, Steine rollten. Sie hob und senkte sich, als holte sie tief Luft. Sand rieselte von den Dächern und manch alter Baum stürzte um. Tr erinnerte sich daran, dass der Fluss in seinem Dorf von einem Felssturz in den Bergen aufgestaut und zu einem See geworden war. Außerdem hatte er ein neues Flussbett gefunden, weiter weg von den Wohnhöhlen. Die Dorfbewohner nannten dieses Zittern Erdbeben. Hatte die Erde Angst vor einer Begegnung? Oder

bebte sie vielmehr in Erwartung einer Begegnung? Tr war vor jenen Unterweisungen nervös geworden, in denen es darum ging, eine gestellte Aufgabe zu erledigen. Alle schauten zu, Fehler waren peinlich. Seine Hände hatten gezittert, die Atmung ging schneller. Eine amüsante Vorstellung, dass es der Erde auch so gehen könnte.

Jok sah ihn streng an. Es hatte schon Todesopfer gegeben. Felsen waren herabgestürzt, als Menschen darauf standen oder darunter. Umstürzende Bäume erschlugen Menschen und Wasser, das aufgestaut worden war, brach den Damm und stürzte plötzlich ins Tal, schwemmte Menschen mit sich, die nie wieder gesehen wurden. Täglich war von nun an mit ein oder zwei Beben zu rechnen. Ohne Ton kam es und verging auch wieder. Doch das Grollen und Kreischen dazwischen war furchterregend.

Tr schüttelte ungläubig den Kopf. Nicht, dass er Jok nicht glaubte. Er hielt es nur für nahezu unmöglich, dass sich die Erde von selbst bewegte. Rinder konnten den Boden zum Beben bringen, ja. Der Flügel eines Vogels brachte Luft zum Fauchen oder eine Peitsche. Er hatte davon gehört, dass Boote auf dem Wasser vom Wind angetrieben wurden.

Aber Erde?

Jok löschte das Feuer. Sie hatten noch einen weiten Weg. Eine Tagesreise trennte sie vom Dorf der Tox.

Auffallend viele Regenwürmer fanden sich auf ihrem Weg. Die Vögel riefen den ganzen Vormittag noch ihr Revier aus, wollten gar nicht verstummen. In den Lichtungen des Waldes schreckten sie viele Wildtiere auf. Eine Rotte Wildschweine flüchtete laut grunzend in den Schatten der Bäume, ein Rudel Rehe kreuzte ihren Weg. Deren Angst war auf etwas Unbekanntes gerichtet, denn auf die nahen Menschen. Nur die beiden kleinen Rinderherden lagen genüsslich wiederkäuend auf den beiden Wiesen zwischen den Waldstücken, durch die die Menschen gingen. Der Boden war noch recht feucht vom Regen der vergangenen Tage. Selbst, wenn utEo auf einem der Wipfel landete, rieselte das Wasser in tausend kleinen Tropfen von den Zweigen. Setina bemerkte es schon von weitem. Ein Hang hatte sich an einen Felsen gelehnt. Der riesige Stein war kerzengerade aus der Erde gewachsen und hatte über Jahrtausende das Erdreich hinter ihm wie eine Faust zurückgehalten. Eine Kiefer hatte sich an seinem oberen Ende angesiedelt. Einige Eiben säumten seinen Rand. Der Hang dahinter hatte ein kleines Wäldchen getragen,so groß wie das Dorf der Tox. Dieses Wäldchen war noch immer da, aber nicht an seinem Platz, den es vor einigen Tagen eingenommen hatte. Es war vier, vielleicht fünf Schritte talwärts gerutscht, hatte den Fels einfach gekippt. Er zeigte wie ein schräger Finger in westlicher Richtung in den Himmel. Die Kiefer beugte ihren Wipfel recht weit über den Rand des Felsens hinaus, drohte jeden Moment abzubrechen. Einige ihre Wurzeln reckten sich wie abgewinkelte Füße über den Felsen, andere versuchten sich krampfhaft festzuhalten. Die Eiben begleiteten sie in ihrer misslichen Lage. Für Tr sah es aus, als hätte jemand ein Stück eines Bildes herausgerissen und wieder falsch eingefügt. Er erinnerte sich an Meister Gul, der ihm beigebracht hatte, die Farben herzustellen. Anfangs durfte Tr als Baldling nur auf kleinen Stücken Papier malen. Dann machte er sich den Spaß daraus, seine kleinen Bilder auf die großen seines Meisters zu legen. Manchmal passte es nicht so richtig.

Ehrfürchtig gingen die Menschen an dem schiefen Felsen vorbei. Was den Erdrutsch ausgelöst haben könnte, war ihnen bewusst. Tr sah zum ersten Mal die Auswirkungen von Beben mit eigenen Augen. Auf dem unter dem Felsen mäßig abfallenden Gelände waren einige alte Bäume geknickt. Die Grasnarbe war an ein paar Stellen aufgerissen, als hätten Wühlmäuse darunter Gänge gegraben. Der nächste Bach war verschwunden. Kein Wasser floss über seine Steine oder an seinem Schilf vorbei. Genau an dieser Stelle hatte sich das Land gehoben und der Bach musste sich einen neuen Weg suchen. Eine braune Brühe suchte sich ihren Weg an Bäumen vorbei, nahm Erde und Sand mit, auch kleine Steinchen.

Käfer klammerten sich an Grashalme oder schwammen auf kleinen Blättern. Zahlreiche Ameisen liefen im Kreis. Immer wenn sie Wasser spürten, drehten sie sich um und liefen in eine andere Richtung. Kleine Zweige schwammen wie klobige Boote und schaukelten bedrohlich. Würmer, Asseln und Spinnen saßen darauf. Der Boden war durchtränkt von Wasser und die Füße wurden bei jedem Schritt nass. Es würde einige Zeit dauern, bis der Bach sich sein Bett in den Untergrund eingeschliffen hätte. Besonders für elEs war der Weg unangenehm. Die Menschen suchten einen Umweg Bach aufwärts, wo er noch seinem alten Verlauf folgte und setzten dort auf die andere Seite hinüber. Im Verlauf ihrer Wanderung bemerkte Setina, dass sich im Osten des Geländes in Richtung des Dorfes eine fast unscheinbare Stufe gebildet hatte. Tr betrachtete sie fasziniert. Eine kleine Welle führte knöchelhoch nach oben. Einige Steine schauten unter der Grasnarbe hervor. Bäumen, die genau auf dem Geländebruch standen, waren einige Wurzeln zerrissen. Maulwürfe hatten begonnen, ihre unterirdisch eingestürzten Gänge frei zu legen und zu säubern. Entlang des Bruches waren Haufen entstanden, die wie Wachtürme aussahen. Die

Geländestufe wurde höher und als die Menschen den heimatlichen Fluss gegen Abend erreichten, bot sich ihnen ein unglaubliches Bild. Der Wasserfall war trocken. Steine lagen in einem ungewohnten Anblick übereinander. Neue Wände hatten sich gebildet. Tr bemerkte, dass der Wasserfall sicher um eine Körperlänge höher war als vorher. Dahinter hatte sich der kleine See etwas vergrößert, doch er floss nicht mehr über die Kante ab. Das Wasser hatte sich seitlich seinen Weg gesucht. Es rann Richtung Dorf, machte dann einen weiten Bogen und stürzte über zwei Mann hoch an einem neuen Wasserfall in die Tiefe. Anschließend kam es zu seinem angestammten Flussbett zurück. In einem weiten Bereich war die Umgebung nun für längere Zeit nicht nur feucht, sondern nass. Einige Bäume würden ertrinken, andere Gräser würden sich ansiedeln und die Tiere würden sich arrangieren müssen. Ein Jahr würde es dauern, bis der Fluss ein neues Bett gegraben hätte.

Die drei Menschen standen am trockenen Wasserfall und blickten nach Süden. Das Dorf war noch nicht zu sehen, es war ihnen auch noch niemand entgegengekommen. Wie es im Dorf aussah, konnten sie nicht wissen. Doch es war zum Zeitpunkt ihres Aufbruchs deutlich höher als der Fluss gelegen, also musste es trocken geblieben sein. Was wusste man aber schon sicher! Ein Beben hatte viel verändert. Waren die Dächer ganz geblieben? Waren Wände abgerutscht? Standen die Bäume im Dorf noch? Jok entschied, einen Weg um den kleinen See zu suchen und von Osten ins Dorf zu gelangen. Im Oberlauf war der Fluss langsamer geworden, war teilweise über die Ufer getreten und die Bäume schienen nicht mehr genau gerade zu stehen. Alle hatten sich leicht nach Osten geneigt. Bald standen die Menschen auf einem dicht bewachsenen Hügel oberhalb des Dorfes. Von nun an mussten sie nur mehr bergab gehen. Auf halbem Weg kamen sie an eine Kante, an eine riesige Stufe.

Setina sah sie zum ersten Mal. Aufgerissene Erde, abgestürzte Steine, gebrochene Baumstämme. Setina blickte gut zwei

Mann hoch in die Tiefe. Die Stufe entschwand links und rechts im Wald ihrem Blick. Ungläubig schüttelte sie den Kopf. Einige junge Bäume standen unterhalb des Bruches nah genug an der neu entstandenen Wand, sodass man an ihnen herunterklettern konnte. eVre sprang einfach, nur für elEs wurde diese Stufe zu einem Problem. Setina fand nach einiger Zeit tief im Wald eine Stelle, an der die Wand eingestürzt war. Es hatte sich eine Art Rinne gebildet, durch die elEs und Setina hinunter rutschen konnte. So gelangten sie endlich zum Dorf.

Einige Feuer waren entzündet und die Bewohner alle auf den Beinen. Tr sah, dass sich das Dach seines Hauses zwar oben gehalten hatte, doch die Steine und die Erde waren verschwunden. Sie waren abgerutscht und lagen seitlich des Hauses am Ende der beiden Dachhälften. Der große Baum am Platz war umgestürzt. Die Tox hatten ihm schon die meisten seiner Äste abgeschnitten. Der Stamm lag nun als mächtige Barriere quer über den Platz. Auf der einen Seite stand der Ofen, in dem Eisen hergestellt werden sollte und dem großen Feuer auf der anderen Seite, um das sich einige Dorfbewohner versammelt hatten und angeregt miteinander redeten. Als sie die drei Abenteurer erblickten, wandten sich alle zu ihnen um. Sie wurden begrüßt und mit Fragen überhäuft. Sie mussten erzählen, was das Beben angerichtet hatte, ob das alte Bett des Flusses noch Wasser führte oder ob andere Bäume auch gestürzt wären. Auf den eigentlichen Auslöser der Reise kam niemand zu sprechen.

" Vel war mein .... Vater."

Pora hatte sich zwischen Jok und Tr gesetzt. Sie war im Alter des Burschen und hatte eine Ratte, ein Weibchen, als Begleiter. atTu saß auf der Schulter, war aus dem Ärmel heraufgekrochen. Ihre Schnauze war ständig am Sortieren, die Ohren spielten, häufig stellte sie sich auf die Hinterbeine. Tr bemerkte, dass Jok ein wenig zur Seite rückte.

"Sie hat ihn schon einmal angesprungen."

Pora hatte mit Jok geredet, vor einem halben Jahr etwa.

atTu war noch jung gewesen und hatte Joks Nähe als Bedrohung aufgefasst. So war sie von der Schulter des Mädchens direkt in sein Gesicht gesprungen und hatte Jok in die Nase gebissen. Bevor noch seine abwehrende Hand hochgefahren war, war atTu schon wieder zurückgesprungen und war auf Poras Schulter gesessen. Dabei hatte sie nicht gefiept, sondern grässlich gekreischt.

Eine unliebsame Begegnung, fand Jok. Doch er lächelte dabei. Als Beschützer für Pora war die Ratte durchaus geeignet. Das Mädchen schaute zu Boden und ihr Gesichtsausdruck wurde traurig. Vel war ohne viele Worte einfach weggezogen und nun war er tot, ausgerutscht auf einem nassen Stein. Jok tauschte mit Setina, die neben Tr saß, vielsagende Blicke aus. Das Mädchen schluckte, als wollte es Tränen hinunterwürgen. Vel hatte Pora nicht immer verstanden, besonders die Art, wie sie mit Tieren und Ratten umzugehen vermochte. Ratten fraßen Vorräte an, waren selten sauber, lebten nicht lange und atTu hatte Vel einmal in den Finger gebissen.

Ein missmutiger Mann, dachte Pora. Niemand mehr, der sie forsch zurechtwies. Niemand, der ihr sagte, was sie gerade tun oder lassen sollte. Ihre Mutter brauchte ein wenig Stütze, aber mehr in ihrem Kopf als körperlich. Arbeit lenkte sie ab. Sie musste nicht selber auf Jagd gehen, denn als Gerberin hatte sie mit Fellen und Leder genug zu tun. Jede erfolgreiche Arbeit konnte sie gegen Nahrung eintauschen. Ständig kam jemand und hatte besondere Wünsche für sein Fell. Auch Lik kam und wollte besonders dünnes Pergament für ganz wichtige Aufzeichnungen. Für Beschreibungen des neuen Ofens und die Beobachtung des großen Begleiters hatte er einige Stücke bestellt. Er meinte, nur mündlich ginge in den Überlieferungen einiges verloren, anderes Unbrauchbares käme dazu, da würde er lieber einige Zeichnungen anfertigen. Pora kritzelte mit einem Stock Formen in den Sand vor ihr. "Du hast immer schon eine gute Hand für Tiere gehabt."

Jok machte ihr Mut. Sie könnte eine gewisse Schuld, die sie spüren mochte, ablegen. Was ihr Vater falsch gemacht hatte, war durch sie längst schon, vielleicht schon früher, sozusagen vorausschauend, wieder gut gemacht worden. Sein Leben war nicht ihr Leben und man sollte sich an Vorbildern orientieren, die einem im Leben weiterbrachten. Deshalb waren ja die Suchenden unterwegs, um Neues zu lernen und Unbekanntes anzunehmen oder aber auch abzulehnen. Seine Gedanken schweiften ab. Jok selber dachte an die Hui.

Als Suchender war er bei ihnen vorbeigekommen. Ein Rat aus zwei Männern diktierte das Dorf. Eine Frau stand ihnen als Wahrsagerin zur Seite. Jok hatte schleunigst das Weite gesucht, als er von einer Weissagung gehört hatte, dass ein Fremder das Dorf niederbrennen würde und ihm alle Dorfbewohner misstrauisch begegnet waren. Als er dann davongezogen war, hatte er von der Ferne Rauch über dem Dorf gesehen und fassungslos den Kopf geschüttelt.

Wahrsagungen, die sich auch noch bewahrheiteten, indem sie bewusst herbeigeführt wurden, waren ihm ein Gräuel.

Pora nickte mit dem Kopf. Sie würde sich bemühen, die Schatten der Vergangenheit abzuschütteln und weiterhin das Licht dazwischen zu suchen. Die Natur gab so viele Antworten auf Fragen, die sie stellen wollte und ergründen wollte. Sie sah zum Himmel. Die Sterne funkelten bereits. Der kleine Punkt dazwischen war etwas gewachsen. Man konnte ihn mit ausgestrecktem Arm bereits zwischen zwei Finger nehmen. Noch vierzig Tage, dann war er ihnen am nächsten. Bis dahin wollte Pora ihren Weg gefunden haben und ihn nach der großen Begegnung beschreiten.

Tr wollte gerade aufstehen um nach seinem Dach zu schauen, als Lik und Zo auf ihn zukamen.

Lik hielt stolz einen gräulichen Klumpen in den Händen.

Den hatten sie heute aus dem Ofen geborgen. Zo konnte das rohe Eisen nun schmieden. In einem Holzfeuer wurden dünne Streifen bald rot, dann ging es darum eine Schaufel und ein paar Messer daraus zu formen, vielleicht ging sich auch eine kleine Axt aus. In fünf oder sechs Tagen konnte er mit all dem fertig sein. Lik freute sich schon auf den nächsten Brand, den sie in 28, kat-un, Tagen entzünden wollten. Bis dahin mussten sie viele rote Steine finden, sie zertrümmern und Buchenholz oder Kiefernholz sammeln, das sich für den Ofen am besten eignen würde. Lik beabsichtigte außerdem den Ofen ein klein wenig größer zu bauen. Zo wollte unter einem Erdhaufen Kohle herstellen, weil sie beim Brennen heißer wurde als helles Holz. Die beiden älteren Männer hatten sich in Fluss geredet. So war es Mitternacht geworden, als Tr zu seinem Dach kam. Er hatte wieder keine Zeit gefunden, sein Nachtlager gemütlicher zu machen. Als er bei den Stufen an eVre vorbei ging, meckerte sie leise und kaute gerade verschlafen wieder. Im Dunkeln suchte er sein Lager. Überrascht stellte er fest, dass es mit Blättern und Moos weich ausgepolstert war. Er horchte in die Nacht. Kein Atmen, kein Rascheln eines Tecido, kein Kichern. Beruhigt legte sich Tr hin. Er dachte an die letzten Tage, das Beben und die Gewässer, die sich ihren neuen Weg suchten.

Der Bach schwoll an, umspielte seine Füße. Er wurde angehoben, drohte umzukippen. Felsen wurden von Bergen gesprengt und rasten auf ihn zu. Einige trafen ihn am Kopf. Er fasste sich an die Stirn und hatte Blut an den Händen. Ein Totenkopf lachte ihn aus und fuchtelte mit einer Hisa vor seinem Gesicht.

Tr riss die Augen auf. Ein Ast des Daches lag über seinem Gesicht, ein Stein lag neben ihm. Erde rieselte durch das Schilf, das Lager hob und senkte sich mehrmals und von draußen drangen laute Stimmen herein. Tr sprang auf, strauchelte an anderen Ästen, stürzte hinaus und die Stufen hinauf. eVre meckerte laut neben ihm. Die Dorfbewohner standen mit brennenden Fackeln vor ihren Dächern. Sie riefen einander zu, einige liefen auf dem großen Platz zusammen. Im Wald hörte Tr das Brechen von Holz. Bäume fielen. In der Ferne polterten Felsen von den Bergen. Eine weitere kleine Erschütterung vibrierte unter den Füßen.

"Das soll nur am Anfang so sein. Später beruhigt es sich wieder."

Pan stand neben ihm. Matee nickte. Sie hatte es schon

dreimal erlebt. Es war wie ein Spiel. Erst bäumte sich die Erde auf. Bei der großen Begegnung war sie dann wieder ganz ruhig. Matee verglich es mit dem Liebesspiel. Erst bissen sich Marder gegenseitig, dann vereinigten sie sich zutiefst. Mäuse liefen um die Wette, bevor sie sich paarten. Wölfe bissen sich in den Nacken, Igel fiepten herzzerreißend und Rehe bellten sich die Kehle heiser. Nachher herrschte gelassene Ruhe. Eine lange Reihe an Fackeln hatte sich gebildet, die zum Fluss hinunter zog. Bergstürze mussten sie nicht fürchten, auch kein Herabfließen von Waldstücken. Doch der Fluss hatte sich in den vergangenen Tagen dem Dorf genähert. Niemand wusste, ob sich die Umgebung gesenkt hatte oder das Gebiet im Oberlauf des Flusses weiter gehoben hatte. Am vorangegangenen Abend hatte sich der Fluss bis auf ungefähr sechs Finger, also 243,he-hi, Schritte, dem Dorf genähert. Im Schein der Fackeln sah Tr ernste Gesichter. Die Reihe der Menschen teilte sich Fluss aufwärts und abwärts auf. Sie riefen einander jene Stellen zu, an denen sie das Wasser nun fanden. An der Baumgruppe mit den fünf Fichten führte es vorbei, Fall-Ab war überschwemmt und im Westen Richtung der Klamm war eine niedrige Stufe entstanden, über die der Fluss sprudelte. Den Wasserfall im Osten wollten die Menschen in der Früh inspizieren. Derzeit bestand keine Gefahr für das Dorf. Es lag noch immer drei Mann hoch über dem Fluss. Am Morgen musste eine neue Fall-Ab gegraben werden.

Viele Dorfbewohner kehrten unter ihre Dächer zurück, einige trafen sich um das große Lagerfeuer. Sie wollten die Vorkommnisse erörtern, Pläne für den nächsten Tag schmieden, sich organisieren, einfach füreinander da sein. Tr sah eine Fackel vor seinem Dach brennen. Das flackernde Licht ließ die Narben im Gesicht nur erahnen.

"Dein Dach hat ein bisschen gelitten. Aber dein Lager ist wieder in Ordnung."

„Setina,…"

Sie wusste, dass er sie nicht wollte. Nein, er respektierte sie, er konnte gut mit ihr auskommen, mit ihr arbeiten, mit ihr Abenteuer bestehen. Mehr wollte er nicht. Das machte ihn noch interessanter für sie. Es war ein eigenartiges Zusammenspiel. Sie hatte nur körperliche Beziehungen zu Männern gehabt. Zu Tr empfand sie mehr und mehr eine geistige Freundschaft. Doch die Nähe war durchwegs angenehm.

Das Ziehen zwischen ihren Schenkeln hob sich in ihren Bauch und bestand darauf ihr Herz zu erreichen.

Plötzlich stach es tatsächlich in ihrem Bauch. Ein Krampf ließ sie zusammenzucken. Die Fackel kippte ihr aus den Händen in den Sand und verlosch. Setina fiel auf ihre Knie, bevor Tr sie stützen konnte. Zitternde Finger suchten seine Hände. Fingernägel bohrten sich in seine Unterarme. Setina stöhnte. Sie spürte, wie der Boden unter ihr nachgab. Ihre Beine schlitterten über Stufen und sie wurde auf ein weiches Lager gelegt. Wenig später erschien im Schein einer Fackel ein Kopf über ihr. Eine Hand bot ihr aus einem Krug Wasser an.

Aus dem Kopf formte sich ein lächelndes Gesicht.

"Ihr Kind hat zu wachsen begonnen."

Tana streichelte mit den warmen Händen über den Bauch. Setina entspannte sich zunehmend.

Sie durfte sich nicht bewegen und sollte möglichst hier liegen bleiben.

Tr wollte sich daneben auf den Boden legen und auf sie aufpassen. Die Nacht würde nicht mehr lange dauern und tagsüber würden sie dann weitersehen.

" Danke."

Tana war vor einer Weile gegangen.

Doch Tr war schon eingeschlafen und sein Atmen war das einzige Geräusch, das als Antwort zurückkam.

Wichtige Personen und ihre Begleiter

-Gesina … Suchende der Tox
-Halana … Mutter von Tr
-Lik´19gol … Meister der Tox, einst 19. Bursche der Gol
-Linon … Meisterin der Tiere bei den On
-Matee … Einsiedlerin, ursprünglich eine Tox
-Pan`27tox … 27. Bursche, der bei den Tox geboren wurde
-suPul … Wolf, Begleiter von Pan
-Setina … Frau der Tox, auffallend oft Lendenfunke
-Tana … Meisterin der Tox, Mutter von Drobar, in hoher
  Zeit mit Zo
-Tr´4on … Bursche aus On,als viertes Kind geboren
-eVre … Ziege, Begleiter von Tr
-Wanar … Meisterin der Tox,
-Zo`25hem … Schmied der Tox

Begriffserklärung

-Abri … unterschnittener Felsen, geschichtlicher Lagerplatz
-Baldling … Jugendliche bis etwa 17 Jahren
-Barra … kurzer Stock zum Anreiben des Feuers
-Begegnung, große … Annäherung eines großen Himmels-
  körper alle 17 Jahre
-Fall-Ab … Toilette der Tox
-Gehobene … sesshafte Burschen nach ihrer Kohee, Frauen
  ab 34 Jahren
-Grundling … Kinder bis etwa 14 Jahren
-Hisa … Wanderstock, Stab
-Kohee … 17 Jahre dauernde Reisezeit der Burschen
-Kolla … Buch mit wichtigen Aufzeichnungen
-Lendenfunke … Liebhaber
-Suchende … Jugendliche auf Kohee, Frauen bis etwa 34
-Tecido … Kleidungsstück, Mantel, Überwurf,Decke
-Tramhach … Zeitraum zwischen zwei großen
  Begegnungen, 17 Jahre
-Zeit, hohe … Ehe

ISBN 978-3950426113

In Vorbereitung:

BEGEGNUNGEN

Bei den Wa

Bald hat sich Purn an das sanfte Schaukeln des Dorfes gewöhnt. Er ist überwältigt von der Vielzahl des Lebens über dem Wasser, am Wasser und in den Tiefen des Meeres. phiNo zeigt den Dorfbewohnern jegliche unverhoffte Begegnung an. Auch jene, die das Dorf fast zerstört.

BEGEGNUNGEN

Bei den Sai

Das Dorf ist gespalten. Es kann nicht sein, was nicht sein darf. Während die Meister das Leben diktieren, brechen die Suchenden aus und finden die Vergangenheit. Und mitten unter ihnen lebt Bra als zündender Funke.

BEGEGNUNGEN

Bei den Lac

Die Kohee führte Drobar nach sieben Jahren zu den Lac. Als das Eis eines Tages Spuren vergangenen Lebens freigibt und brüllende Lichter solches zerstört, öffnen sich unverhofft und auf tragische Weise neue Wege.

www.ingramcontent.com/pod-product-compliance
Lightning Source LLC
Chambersburg PA
CBHW071715140626
46557CB00011B/268